KB128349

LINE 4

초판 1쇄 인쇄일 2015년 1월 21일 | **초판 1쇄 발행일** 2015년 1월 23일

지은이 안민현 | **펴낸이** 곽중열 | **담당편집 팀장** 이범수
편집부 신연제 이윤아 김호성 김은경

펴낸곳 (주) 조은세상 | 출판등록 제 2002-23호
주소 경기도 고양시 일산동구 장항동 558번지 6호
TEL 편집부 02)587-2966 영업부 031)906-0890 | FAX 031)903-9513
e-mail bukdu@comics21c.co.kr

ISBN 979-11-5512-911-1 | ISBN 979-11-5512-368-3(set) | 값 8,000원

룬
RUNE
4
NEO FUSION FANTASY STORY & ADVENTURE
안미향 퓨전 판타지 장편소설
북두

NEO FUSION FANTASY STORY & ADVANTURE

LINE

1. 오해와 진실 7
2. 시발점 45
3. 시작 되는 혁명 99
4. 진실은 무엇인가 133
5. 드러나는 진실 163
6. 겁쟁이 197
7. 바론 241
8. 계기 279

NEO FUSION FANTASY STORY & ADVANTURE

제1장

오해와 진실

제 1 장

오해와 진실

룬은 상황에 맞지 않게 늦은 시간까지 잠을 자고 있었다. 해는 중천에 떠올라 있었으나 비가 오려는지 날은 어둑했다. 습기 덕에 잠을 자고 있는 룬의 얼굴에는 물기가 가득했다.

"룬님. 들어가겠습니다."

오르온의 목소리에 룬은 잠에서 깼다.

"어. 들어와."

오르온이 문을 열고 룬의 거처에 들어왔다. 룬은 막 잠에서 깨 상체만 일으킨 상태였다.

"무슨 일이야?"

"왕실에서 사신이 찾아왔습니다."

"사신이? 누군데?"

"그것까지는 잘 모르겠습니다. 어떻게 할까요?"

"어떻게 하긴 뭘 어떡해. 손님이 온다니 맞이해 줘야지. 호화스럽게 맞을 필요는 없지만 그렇다고 부족하게 맞을 필요도 없지. 그냥 평소대로 준비해줘."

"알겠습니다."

오르온이 고개를 조아린 뒤 거처를 나섰다.

그때 룬이 그녀를 불렀다.

"오랜만에 만났는데 인사는 없는 거야?"

오르온은 한참을 망설이다가 뒤도 돌아 보지 않은 채 입을 열었다.

"이렇게라도 돌아오시게 되어 기쁘게 생각하고 있습니다."

오르온은 하녀답지 않은 인자한 웃음을 지은 뒤 거처를 나갔다.

❖

음식이 잘 차려진 식탁 위에 룬과 르넨, 토레논공작이 앉아 있었다. 그 주위에 오르온이 서성이며 빈 잔에 와인을 채워 주고 있었다.

"왕실의 사신이 토레논공작님이실 줄은 몰랐군요."

르넨이 와인을 한 모금 머금으며 말했다.

르넨의 얼굴에는 약간의 미소가 걸려 있었으나 속은 타들어 가는 듯 했다.

사신이 온다 했을 때 상황을 타개할 절호의 기회라고 생각했다.

막연하기는 했지만 그와 대화만 잘 한다면 분명 지금 보다는 상황이 개선될 것이라 생각했다.

하지만 왕궁의 사신은 하필이면 토레논이었다.

왕궁의 최고의 권력가.

특히 왕실일이라면 단호하기로 소문이 나 있었다.

세 치 혀로 구슬릴 수 있는 인물이 아니며 어설프게 접근했다가는 도리어 호되게 화를 당할 수도 있었다.

"누군가는 와야 했기에 조금의 억지를 부려 제가 오기로 했습니다."

르넨은 그 말이 꼭 무슨 일이 있어도 베르난도백작가에 책임을 묻겠다는 강력한 의지로 들렸다.

"귀하신 몸께서 굳이 이렇게 외진 곳까지 발걸음을 하시다니요. 나라의 흥망성쇠를 좌지우지하는 중요한 일들이 많으실 텐데요."

"이번 일이 저에게는 아주 중요한 일 중 하나입니다. 왕궁이 발칵 뒤집어진 일인데 어찌 제가 나서지 않을 수 있겠습니까?"

르넨은 땀이 삐질삐질 났다. 토레논의 태도는 강경해 보였고 당장이라도 문책을 할 것 같았다.

반면 두 사람의 이야기를 듣고 있는 룬의 얼굴은 지금이 어떤 상황인지도는 모르는 듯 태연하기만 했다.

"의회에서는 어떠한 결정을 내렸습니까?"

르넨은 마치 체벌을 눈앞에 두고 있는 학생마냥 조심스럽게 물었다.

"의회에서는 아직 이 일에 대해 모르고 있습니다. 오직 왕자님과 저 그리고 근위대만이 아는 일이지요. 하지만 왕자님이 입을 여는 순간 언제든 의회가 열릴 겁니다. 그리고 그 결과는 뻔한 것이지요."

르넨은 심장이 쿵 하고 떨어지는 듯 했다.

예상은 한 일이었지만 직접 입으로 들으니 현실감이 더해졌다.

"의회에서는 모른다고요?"

여태껏 잠자코 있던 룬이 물었다.

"그래."

생각해 보니 그때 본 것은 근위병과 토레논, 그리고 신디아가 전부였다.

"아직까지 의회에 알리지 않은 건 되도록 비밀로 하고 싶기 때문이겠군요? 할 수 있다면 앞으로도 역시 그럴 것이고요."

"맞아. 그래서 내가 이곳에 온 거지. 나에게 납득할 만한 이야기를 해봐. 내가 납득할 수 있다면 왕자님도 납득할 수 있을 것이고 사면의 길은 열려 있어."

토레논과 르넨, 두 사람의 시선이 룬에게 향했다. 분위기는 급격히 달라졌다. 르넨은 저승사자같아 보였던 토레논이 사실은 구원자였음을 깨달았다.

룬은 와인을 단숨에 마셨다. 손을 들어 잔을 흔들자 오르온이 조신하게 달려와 와인을 따랐다.

룬은 둘의 시선을 즐기기라도 하는 듯 천천히 와인잔을 내려놓은 뒤 이내 입을 열었다.

"두 분을 납득시킬 만한 이야기는 없습니다. 그게 사실이니까요."

"내가 이 나라의 공작으로 있는 한 자네가 최소한 이 왕국에 피해가 되는 일을 했다고는 생각지 않아. 내 생각이 틀린 건가?"

룬은 고개를 끄덕였다. 토레논은 룬이 사부를 떠난 후 가장 마음을 연 사람이었다. 그런 토레논에게 피해가 가는 일을 할 이유가 없었다.

"하지만 제 의도와 별개로 그런 일이 벌어 졌습니다. 그리고 근위대에게서 도망을 감으로써 스스로 죄를 인정한 꼴이 되었습니다. 전 해명할 방법을 모르겠습니다."

"그럴 마음이 없는 건 아니고?"

정곡을 찔린 것인지 룬이 움찔했다. 예나 지금이나 사람의 마음을 꿰뚫는 예리함은 변함이 없었다.

"대체 왜 스스로를 구렁텅이로 끌고 들어가는가."

토레논의 답답한 심정이 그의 음성에 고스란히 드러났다.

"간 사람에 대한 예의가 아닌 거 같습니다."

"간 사람에 대한 예의? 그녀가 그토록 중요한 사람이었나. 이렇게 사리분간 못하고 스스로를 파멸로 이끌 만큼?"

룬은 대답이 없었다.

"아무리 그래도 이건 자네의 명운이 달린 일이야. 그렇게 감정적으로 처리할 일이 아니라고."

"그래도 어쩔 수 없습니다."

"이런 답답한 사람 같으니."

토레논은 화가 나는지 테이블을 쿵 하고 쳤다. 테이블이 흔들리며 와인잔이 춤을 추었다.

"후, 좋아. 될 수 있으면 말하지 않으려 했지만 그렇게 고집을 부리니 어쩔 수 없군."

토레논은 시선을 돌려 르넨을 보았다.

"실례가 안 된다면 이 친구와 둘이 얘기를 나눌 수 있겠습니까?"

르넨은 뭔지는 모르지만 둘 사이에 자신이 모르는 비밀이 있음을 직감했다. 또한 그것이 이 상황에 좋으면 좋았지 나쁘지는 않을 거란 확신이 들었다.

"물론입니다."

하면서 그는 자리에서 일어났다. 눈치 빠른 오르온이 룬과 토레논공작은 곁눈질 하더니 르넨의 뒤를 따랐다.

"이제 편하게 이야기를 할 수 있겠군."

근엄하던 토레논의 음성은 어느새 편한 친구를 대하듯 변해 있었다.

"네가 오해하고 있는 것이 있어. 그녀는 살아 있어. 아니, 정확히 생사는 모르나 누군가 그녀를 감옥에서 빼갔으니 죽이려고 한 것은 아니겠지."

"살아있다고요?"

룬의 눈에 이채가 서렸다. 말도 안 되는 건 알지만 그녀가 살아 돌아오길 바라며 잠들기 일쑤였다. 그토록 꿈꿨지만 희망을 갖지는 않았다. 이룰 수 없는 희망은 더 큰 고통으로 다가오기 마련이었다.

포기했는데…… 그런데 그녀가 살아있다고 한다.

"그런데 왜 그녀가 죽었다고 한 겁니까?"

룬의 목소리는 조금 떨렸다.

"속인게 아니야. 당시에 나도 그렇게 알고 있었으니까. 그녀가 사라진 것을 제일먼저 안 것은 그곳을 지키고 있는 근위대였지. 그리고 그것은 곧바로 왕자님에게 보고 되었어. 나조차도 그녀가 그냥 죽은 것이라 보고 받은 후 너를 잡으러 간 것이었어."

"이해할 수 없군요. 왕자님께서 형님에게 그 사실을 숨길 하등의 이유가 없을 텐데요."

둘은 인식하고 있지 못하지만 토레논을 부르는 호칭은 공작에서 좀 더 친근한 것으로 바뀌어 있었다.

"왕자님께서 그 사실을 숨긴 이유는 스엣을 탈옥시킨 당사자가 바로 제국과 관련이 있기 때문이지."

제국의 간계에 의해 커다란 사건이 휘몰아치고 간 후였다. 제국에 대한 경각심은 극에 달한 시점이었다.

그런 와중에 그들의 손에, 그것도 어쩌면 왕실에서 제일 보완이 철저해야 될 감옥이 털렸다는 건 있을 수 없는 일이었다.

"제국과 관련이 있다고요?"

"그래. 자세한 이야기는 할 수 없지만…… 완전히 몰아낸 줄 알았던 제국의 잔재가 아직까지 남아 있던 거야."

토레논의 말은 더 없이 조심스러웠으며 비통함이 서려 있었다.

"왕자님께서는 이 일의 여파를 생각하여 모든 걸 비밀리에 붙이고 전전긍긍하다 결국 나에게 너를 잡아 오라 명하신 거야. 만약 연회장에서의 일만을 추궁하기 위함이었다면 오히려 의회를 열었을 거야."

룬은 잠시 토레논의 말을 정리해보았다. 죽은 줄 알았던 스엣은 사실 제국에서 빼간 것이며 그 사실을 공표할 수 없어 비밀리에 자신을 추포 한 것이다.

하지만 한 가지 마음에 걸리는 것이 있었다. 왜 하필 스엣일까.

'설마 나 때문인가?'

스엣은 제국의 입장에서는 주요인물이 아니었다. 그런 그녀를 굳이 위험을 감수하면서까지 빼낼 이유는 없었다. 그렇다면 그녀를 빼낸 이유는 따로 있을 것이다.

'브리튼은 나와 스엣의 관계를 알고 있었어. 그렇다면 바르타인공작 역시 이를 알고 있었을 테고 그녀를 인질로 잡아 내가 함부로 행동할 수 없게끔 만들려 했던 거로군. 치밀한 자다. 브리튼이 움직임과 동시에 만약을 대비해 두다니.'

하지만 룬은 오히려 다행이라고 생각했다. 그녀가 엄한 사람에게 있는 것보다는 차라리 원수의 손에 있는 것이 나았다. 그래야 그를 죽이고 스엣을 데려올 때 죄책감이 없을 테니까.

한 가지 의문인 것은 아직까지 바르타인쪽에서 연락을 해오지 않은 것이다.

"어때? 이제 오해는 풀렸겠지?"

룬이 곰곰이 생각을 하는 사이 토레논이 말했다.

룬은 고개를 끄덕였다. 방금 보다 한층 밝아진 얼굴이었다. 스엣이 살아 있다는 것 자체만으로도 충분히 웃을 일이었다.

토레논 역시 이곳에 온 소기의 목적을 달성하였다고 생각하는 건지 처음보다 얼굴이 펴졌다.

“이제부터는 너의 결백함이 중요해. 난 겉으로 들어난 사실과 다르게 네가 그런 짓을 했다고는 생각지 않아. 또 그래야만 너를 구제할 수 있어. 그러니 내게 납득할 만한 이유를 설명해봐.”

룬은 고개를 끄덕인 뒤 잠시 생각을 정리했다. 그리고 천천히 입을 열었다. 연회장에서 스엣을 만난 일. 스엣이 복수를 위해 제국으로 위장잠입한 일. 그리고 사절단으로 온 그 후의 일들.

룬의 이야기가 끝나자 토레논이 기다렸다는 듯이 말했다.

“연회장에서 사건이 있을 때는 그녀를 알지 못했다는 말이군. 그 후에 그녀가 사부의 숨겨진 제자이자 의붓딸인 것을 알게 된 것이고. 더군다나 그녀는 제국에는 복수를 위해 잠입한 것이니 이 또한 문제 될 건 없겠어. 하지만 그래도 연회장에서의 일은 그녀가 한 것이 맞는 거로군. 그리고 너는 그것을 함구했고.”

토레논의 얼굴은 좋지 못했다. 연회장에서 왕자가 상해를 입었기 때문에 꼭 제국과 관련성이 없더라도 충분히 중

죄에 해당되었다.

"의회로 넘어간다면 절대 그냥 지나칠 수 없는 문제이긴 하지만 개인적인 문제로 넘어가면 피해를 입은 당사자가 용서를 하면 되는 일 아닌가요?"

"연회장에서는 왕자님 말고도 많은 중요인사들도 피해를 입었어. 게다가 바르텐시 한복판에서 일어난 일이니만큼 그렇게 쉽게 넘어 갈 수 있는 일이 아니야. 내가 아는 왕자님이라면 절대 그냥 넘어 가지 않을 거야."

"어떻게 그렇게 확신하시죠?"

"나라면 그랬을 테니까."

룬은 왠지 간담이 서늘했다.

"쉽지만은 않겠지만 왕자님을 설득하는 건 내가 해보도록 하지."

토레논은 의도가 어떻든 연회장에서의 일은 용납할 생각이 없었다.

하지만 소중한 사람을 발고 할 수 없었던 룬의 입장 또한 이해가 되었다.

그래서 신념을 접고 룬에게 해줄 수 있는 최대한은 그것을 묵인해 주는 것이었다.

"아니요. 제가 하는 편이 낫겠어요."

룬의 얼굴을 잠시간 본 토레논은 고개를 끄덕였다.

"그럼 이제 나와 함께 왕국으로 가는 것으로 하지. 가서 오해도 풀고 이전의 지위로 돌아가는 거야."

"예. 근데 시간을 좀 주세요. 삼일이면 돼요."

"삼일?"

"예. 정식으로 작위를 인정받고 기사단을 등록시키려고요."

기사단은 군주와 기사간의 계약이었다. 하여 당사자간의 계약만으로 가능했다. 하지만 왕국에는 조금 특별한 제도가 있었다.

왕궁에 정식으로 기사단 등록을 하는 것이다. 물론 정식 기사단등록을 하지 않았다고 해서 기사단자체가 무효인 것은 아니었다. 다만 기사단등록을 하게 될 경우 본인의 영지 이외에서도 공식적인 일은 할 수 있었다.

"기사단등록이 형식적인 거라고는 하지만 그래도 심사는 있으니 기본적인 구색은 갖춰 놔야죠."

"흠. 삼일정도라면 기다려보도록 하지."

"고마워요."

그 대화를 끝으로 둘 사이에 긴 침묵이 찾아왔다. 룬은 와인잔을 만지작거렸고 토레논은 괜히 주위를 두리번거렸다. 그러다 마침내 토레논이 말했다.

"어떻게 된 거야?"

짧지만 많은 의미를 내포한 물음이었다. 사실 제일 먼저 하고 싶었던 질문이었다. 도대체 어떻게 네가 잭스일 수 있는 거냐.

이 물음을 나중으로 아낀 건 상황이 정리 되지 않은 상태에서는 그 사실조차 무의미 할 수 있었기 때문이었다.

룬은 바보가 아니었다. 토레논의 의도가 무엇인지 모르지 않았다.

하지만 정작 중요한 곳에서 괜히 한 번 모른 척 하듯 룬은 짐짓 딴청을 피웠다.

"뭐가요?"

모르는 사람이 보았다면 건방져 보일만큼 퉁명스러운 대답이었다.

"뭐긴, 뭐야. 왜 이런 모습으로 이런 곳에 있느냐 이 말이야."

"베르난도백작의 자식으로 태어나 그의 집에 있는데 뭐가 그리 잘못 됐나요?"

"내가 지금 장난할 기분으로 보여?"

"형님께서 언제나 여유를 잃지 않고 위트 있는 제 모습이 좋다고 하시지 않았습니까?"

"틀렸어. 나는 네가 괜찮은 친구라고는 생각했지만 좋아 하진 않았어."

토레논의 대답에 룬이 작게 미소를 지었다.

"말하자면 길어요. 음……어디서부터 얘기를 해야 될지 모르겠군요."

룬은 잠시간 생각을 정리 한 다음 그간에 있었던 일을 토레논공작에게 털어 놓았다. 아틀란드의 기습을 받아 의식을 잃었던 것. 마지막에 대법을 시전한 뒤 눈을 떠보니 이 몸에 들어 와 있게 되었던 것.

"그런 일이…… 육체가 뒤바뀌다니…… 그런 게 가능하단 말이야?"

"가능하니 이 모습으로 이렇게 이곳에 있는 게 아니겠습니까?"

토레논공작이 눈을 가늘게 뜨며 룬을 빤히 보았다.

"왜 그러십니까? 제 말을 못 믿으시는 겁니까?"

"그런 일이 있었으면 진작 털어 놨어야지. 순진한 얼굴로 잘도 나를 속였군."

토레논은 룬을 의심하지 않았다. 한 차례의 접전. 그 단 한번 만으로 룬의 존재를 증명하기에는 충분했다. 그것은 오로지 대륙에서 룬만이 할 수 있는 것이었다.

"후후. 그 덕에 팔자에 없는 아카데미에 들어가 검술수련을 하는 벌을 받지 않았습니까. 뭐 덕분에 제 실전능력은 조금 더 발전할 수 있었지만요."

심각한 얼굴을 하던 토레논은 못 당하겠다는 듯 이내 미소를 지었다.

세상이 무너질 것 같아도 여유와 유머를 잃지 않는 이 모습이야 말로 룬과 가장 잘 어울리는 모습이었다.

"일이 해결되고 나면 다시 아카데미에 있을 생각이야?"

룬은 고개를 내저었다.

"아니요. 백작가로 다시 돌아올 겁니다."

"왜?"

"액면상 제 큰형님은 유명을 달리했습니다. 백작가의 기둥이신 백작님은 병세가 위중하고, 둘째 호드만은 가문을 이끌만한 인재가 아닙니다."

그 말에 토레논이 의외라는 얼굴을 하였다.

어떤 것에도 연연하지 않고 본인의 삶을 사는 것이 룬이지 않은가.

"변했군."

"그게 저를 다시 살게 해준 이 몸에 대한 최소한의 예의겠지요. 사실 그것 말고 진짜 이유는 따로 있긴 합니다만, 어쨌든 저승에 가 이 몸의 주인을 만나면 그래도 조금 떳떳할 수는 있겠죠."

"다른 이유? 그게 뭐지?"

"힘을 기를 겁니다."

"이미 충분히 강할 텐데?"

"제 개인적인 힘이 아니에요. 누구도 이곳을 넘볼 수 없을 정도로, 또 누구든 제압할 수 있을 만큼 힘을 기를 겁니다."

왕궁에서 스엣이 죽었다는 말을 들었을 때 룬은 다짐했다.

힘을 기를 것이다. 그래서 다시는 소중한 사람을 잃지 않을 것이다.

"변했군."

"저는 그저 어떠한 상황이 오든 누구도 다치지 않길 바랄 뿐이에요. 정말 그 뿐입니다. 모두가 함께 행복하게 사는 거."

"모두라…… 좋은 어감이군."

토레논은 웃었다. 오랜만에 만난 친구는 이전과는 달랐지만 나쁘지 않게 변해 있었다.

❖

어제 밤부터 비가 계속 내리다 아침에서야 그쳤다. 그침과 동시에 해가 쨍쨍하게 떠올라 날씨는 덥고 습했다. 그럼에도 룬은 제법 숙면을 취했다.

소재를 파악하지는 못했지만 스엣이 살아 있다는 사실만으로 위안이 되었다.

룬은 모리튼산맥으로 향했다. 브리튼과의 인연을 완전히 끊기 위함이었다.

그의 처우에 관해서는 어제까지도 계속 생각했다. 그리고 굳이 죽일 필요는 없다고 결론 내렸다. 하지만 상황이 바뀌었다.

브리튼은 스엣이 연회장에서 일을 꾸민 당사자임을 아는 유일한 사람이었다.

다시 말해 그만 없다면 죄를 입증할 사람은 아무도 없는 것이었다.

그래서 룬은 그를 죽이기로 마음먹었다.

성 밖에는 간간히 부락을 형성하여 살고 있는 사람들이 보였다. 다들 개성 있게 생긴 모습이었지만 바르텐시나 성 안의 사람들보다는 몸집이 작았고 살도 별로 없었다.

"이보시오 젊은이. 성안에서 나오는거요?"

눈썹이 매섭게 난 중년인이었다. 다른 부락민들과 달리 옷이 제법 좋았다. 살도 포동포동 올라 있는 것이 부락민들 사이에 섞인 부호같았다.

"그렇습니다만. 왜 그러시죠?"

"젊은이 관상을 보아하니 여자께나 밝히게 생기셨구만."

룬은 대수롭지 않게 고개를 끄덕였다.

이전의 룬은 호색한이라 불릴 만큼 여자를 밝혔으니 그럴 수도 있겠구나 하고 생각했다.

"그럼 잠시 이리 와보시게."

마침 모리튼산맥으로 가는 방향하고 같기에 룬은 그를 따라갔다.

한 5분 정도 걷자 허름한 천막이 나왔다.

"자, 기대하시라."

천막을 걷자 열댓명 되는 여자들이 반 나체로 우글우글 있는 것이 눈에 들어왔다. 스무살을 넘긴 처녀부터 아직 솜털도 가시지 않은 어린아이까지 토끼눈을 한 채 룬을 바라보았다.

룬의 인상이 대번 굳어졌다.

"왜…… 마음에 안드시나?"

중년인이 조심스레 말했다.

아닌게 아니라 여자들의 상태는 썩 좋지 않았다. 살은 매끈하게 마른게 아니라 비쩍 꼬랐으며 살갗이 거칠고 까무잡잡했다.

"하긴, 차림을 보아하니 돈 꽤나 있는 거 같은데 이런 애들이 눈에 찰리 없지."

수긍 한다는 듯 중년인이 고개를 마구 끄덕였다.

"하지만 이걸 기억하시게. 이쁜 여자는 많지만 마음데로 할 수 있는 여자는 흔치 않다는 걸. 하물며 사창가 같은 곳도 최소한의 룰은 지켜야 허거든."

"그럼 이들에게는 그러지 않아도 된다는 겁니까?"

"그러니 내 이리로 데리고 온 게 아니겠나."

룬은 대답이 없었다.

조금의 정적 뒤에 중년인이 재차 말했다.

"못 믿겠다면 내 증명해 보이겠네."

사내는 여자 중 한명을 끌고 왔다. 그리고는 그녀의 몸을 주무르기 시작했다. 그럼에도 여자는 반항은커녕 싫은 표정 하나 짓지 않았다.

룬은 여전히 표정의 변화가 없었다.

"내 정신 좀 보게. 이 정도에 만족할거라고 생각하다니."

그는 갑자기 돌변하여 여자를 마구 때리기 시작했다. 그녀가 넘어지자 침을 뱉고 머리채를 잡아 올렸다.

두려움 때문인지 몸을 부들부들 떨면서도 그녀의 얼굴은 여전히 웃는 낯을 하고 있었다.

"취향이 어떤지 몰라 그냥 보여줘 봤네. 어떤가? 이 정도면 살 마음이 좀 생기지 않나? 사는 게 부담되면 하룻밤 빌리는 것도 상관없는데."

룬은 그의 말을 무시한 채 뚜벅뚜벅 걸어가 그녀의 앞에 앉았다.

룬이 다가가자 그녀는 조금 움찔 했지만 금세 웃는 얼굴이 되었다.

"이런 거래가 흔히 있습니까?"

"암. 그렇고 말고. 원하는 만큼 충분히 있지."

부락민들에게 인간시장이 형성된 건 그리 오래되지 않았다. 성노리개를 파는 것뿐만 아니라 인육이 거래되는 곳도 있었다.

오래되지는 않았으나 인간시장은 더 없이 빠르게 발전했다.

부모는 자식을 팔고, 때론 자식이 부모를 팔기도 했다.

여기에 있는 여자들은 모두 그렇게 팔려온 자들이었다.

아무리 팔려왔어도 최소한의 인권은 있기 마련이다. 하지만 이곳은 영주의 비호를 받지 못하는 부락이었다.

팔린 인간은 더 이상 인간으로써 존중 받을 수 없었다.

"이런데도 아무도 제지를 하지 않는단 말입니까? 아무리 부락민이라도 이 정도로 나 몰라라 하지는 않을 텐데요."

룬은 제법 많은 곳을 돌아다녔다. 주로 도시지역이 많았지만 빈민가도 제법 다녔다.

아무리 성밖에 있다지만 이토록 치안이 엉망인 것은 이해할 수 없었다.

"제지?"

중년인이 코웃음을 쳤다.

"누가?"

룬은 말문이 막혔다.

"전혀 걱정할 거 없네. 당신은 돈을 주고 우리는 여자를 주고. 아무런 증적도 없어. 서로 거래를 하고 돌아서면 끝인 거지."

룬이 한참동안 생각에 잠기더니 이내 말을 연다.

"좀 더 큰 거래를 하고 싶군요. 가능할까요?"

룬은 왼쪽 품에 매달려 있는 금화주머니를 만지작거렸다. 찰랑 거리며 기분 좋은 금속음이 났다.

중년인의 얼굴이 대번 밝아졌다.

"암. 물론 가능하고 말고."

중년인은 여자를 다시 천막에 집어넣었다. 그리고 천막 옆에 있던 장정에게 잘 지키라는 무언의 눈빛을 보냈다.

"따라오시오."

룬은 중년인의 뒤를 따라갔다. 여전히 보잘 것 없는 곳이지만 기존의 곳에 비하면 궁전이나 다름 없는 곳에 다다랐다.

룬은 중년인과 함께 그곳으로 들어갔다. 조금 쾌쾌한 냄새가 코를 자극했다.

"갑자기 무슨 일이냐?"

커다란 가죽의자에 앉은 사내였다. 머리에는 이상한 왕관같은 것을 쓰고 있었고, 그렇게 춥지 않음에도 동물의 가죽으로 된 옷을 입고 있었다. 나이는 중년인보다 아래로 보였다. 하지만 중년인을 대하는 태도에 전혀 거리낌이 없었다.

중년인은 그에게 쪼르르 달려가더니 귓속말을 하였다.

'호구를 물어왔습니다요.'

"그으래?"

사내가 잘했다는 듯 중년인을 보았다.

"거래를 하시러 오셨다고요? 그렇다면 제가 직접 모셔야지요."

사내는 룬을 이끌고 어디론가 향했다.

"숫자가 어느 정도나 됩니까?"

"물량이요? 걱정하지 마세요. 충분히 있으니까."

"물량이라……. 인근 부락민들도 다 이렇게 인간을 거래합니까?"

"물론이지요. 하지만 그 중에서도 제가 제일이니 너무 염려하지 마세요."

"경비대가 출동한 적은 없습니까?"

"예. 쥐꼬리만한 봉급받으면서 성밖 사정까지 신경쓰려 하겠습니까. 다 서로 상부상조하는거지요."

"경비대들고 그냥 모른척 해준다는 말입니까?"

"아 글쎄 그렇다니까. 계집애처럼 뭐 그리 겁이 많슈."

대화를 하는 사이 어느새 목적지에 도착했다. 나무를 쌓아 아무렇게나 만든 건물이었다. 건물 안은 방금 보았던 천막들이 빼곡하게 들어서 있었다.

보이지는 않지만 룬은 천막사이로 인기척을 느낄 수 있었다.

꽤 많은 사람들이었다.

그럼에도 쥐죽은 듯 조용했다.

“보십시오. 이정도면 얼마를 원하든 다 충당해 줄 수 있습니다.”

“그렇군요. 한 명당 얼마입니까?”

“1골드입니다.”

“1골드?”

작은 금액은 아니지만 그렇다고 사람 한 명의 목숨 값으로는 턱없이 부족한 가격이다.

“총 몇 명입니까?”

“수백 명은 될 겁니다. 얼마나 사실건지……?”

“이 돈이 되는 만큼 주시오.”

룬은 금화뭉치를 던졌다.

사내가 금화주머니를 받아들었다. 묵직했다. 사내의 얼굴에 금세 꽃이 피었다.

달그락.

……?

그런데 이상했다. 금화뭉치에서 달그락이라니?

사내는 주머니를 열어 보았다.

찬란한 금화가 있어야 할 곳에는 돌맹이들만 가득했다.

“이…….”

사내는 말을 이을 수 없었다. 어느새 룬이 사내의 면상에 주먹을 꽂아 넣었다.

퍽.

사내가 뒤로 꼬꾸라졌다.

사내는 분개하며 자리에서 일어나려 했다.

하지만 룬이 그의 가슴을 발로 밟았다.

"이이익."

"길게 말 안합니다. 살수 있는 방법을 알려드리죠. 지금 당장 이들을 모두 풀어주십시오. 그리고 당신과 내통했던 경비대를 당장 부르세요. 물론 이 조직도 오늘내로 해체됩니다."

"흥. 기습적으로 주먹한방 맞췄다고 기고만장하기는."

사내는 룬의 발을 치운 뒤 자리에서 일어났다. 그리고 곧바로 몸은 던졌다.

퍽.

룬이 사내의 배에 주먹을 날렸다. 사내는 날아오는 힘과 룬의 주먹의 힘에 더해져 지옥을 경험해야 했다.

"쓰레기들은 하나 같이 말로해선 알아먹질 못하는군."

룬은 고통으로 쭈구려 있는 사내와 눈높이를 맞추었다. 그리고는 말했다.

"물론 지금도 내 말을 들을 생각이 없겠지?"

룬은 씨익 웃었다. 그리고 사내를 일으켜 세웠다.

턱. 룬이 사내의 목에 손가락을 찌르자, 사내의 몸이 석상처럼 굳어졌다.

룬은 그에게 본브레이크를 실시했다.

"끄아악."

장내는 사내의 비명소리로 가득 찼다. 온몸의 뼈가 으스러지는 고통은 그 어떤 것과도 비견할 수 없는 지옥이었다. 더욱 참담한 것은 극심한 고통속에서도 정신은 멀쩡하며 절대 익숙해지지 않는다는 점이었다.

급기야 사내의 입에서 개거품이 흘러나왔다.

룬은 본 브레이크를 멈추었다.

"이제 좀 내 뜻에 따를 생각이 드십니까?"

사내는 손 하나 까딱하기 힘들었다. 하지만 어디서 힘이 났는지 고개가 새차게 흔들어졌다.

"진작 그렇게 나왔으면 좋지 않았습니까."

룬은 그를 일으켜 세운 다음 등에 손을 가져갔다.

완전하지는 않지만 사내의 몸이 금세 회복이 되었다.

"우선 이곳에 있는 모두를 부르세요."

룬이 사내의 등을 떠밀었다.

사내가 떠밀리듯 앞으로 갔다.

몸이 편해지자 잠시 딴생각이 들었다.

하지만 이내 고개를 내저었다.

뼈가 으스러지는 그 고통이란 이루말할 수 없는 것이었다.

그것을 다시 경험하느니 차라리 죽는 게 나을 정도였다.

'흐흐. 멍청한놈. 스스로 사지에 들어가는 구나. 내 애들이 모인 뒤에도 내가 순순히 네 말을 들을 것 같으냐.'

사내는 두려웠지만 걱정하지 않기로 했다. 당장 모을 수 있는 수만 해도 십여명은 되었다.

사내는 원래 앉아 있던 곳으로 돌아갔다. 그리고 의자에 앉아 부하에게 말했다.

"지금 당장 모두 모이라고 해."

"예? 지금 당장이요?"

"그래. 큰놈 작은놈 할 것 없이 모두 말이야."

"알겠습니다."

하나 둘 사람이 모여들기 시작했다. 룬을 이곳으로 끌고 왔던 중년인을 시작해 룬과 비슷해 보이는 청년까지 각양각색의 사람들이 모여들었다. 하지만 하나같이 인상이 험악하고 피부가 거칠었다.

"무슨 일이요 형님. 갑자기 우리들을 다 소집하고. 큰일이라도 있소?"

"다 오신 겁니까?"

룬이 앞으로 나가 중앙에 서서 말했다.

"그렇소만 당신은 누구요?"

얼굴에 길게 칼자국이 난 사내가 말했다.

"선택권을 드리겠습니다. 순순히 경비대에 가시든가 험악하게 가시든가."

"이 자식은 뭡니까 형님?"

"뭐긴 뭐야. 분위기 파악 안 돼? 끝내버려. 아니 숨은 붙어 있게 해줘라. 마지막은 내가 뼈를 으스러뜨려 장식해 줄 테니까."

"역시 후자를 택하는 군."

룬이 손을 위로 뻗었다.

붉은 구슬이 다섯손가락에 생성 되었다.

그 중 하나가 칼자국이 난 사내에게 날아갔다.

칼자국이 난 사내는 붉은 구슬을 위험하다고 생각하기보단 그저 호기심 어린 눈으로 바라볼 뿐이었다.

붉은 구슬은 곧 칼자국이 난 사내의 몸을 뚫고 지나갔다.

워낙 앙증맞은 사이즈라 꼭 품속으로 들어가는 듯 한 모습이었다.

뭐야 이건?

말을 하진 않았지만 얼굴은 그렇게 말하고 있었다.

"크크큭. 지금 장난 하냐? 형님 이 자식 살려주는 게 어떻습니까? 아주 재밌는 놈인뎁쇼. 살려준 다음 두고두고 재롱을 부리게 하는 건 어떻습니까?"

장내는 웃음도가니가 됐다.

그때 칼자국이 난 사내의 입술에서 선혈이 흘러 나왔다.

"이건 뭐……."

사내는 끝까지 말을 잇지 못하고 그대로 쓰러져 버렸다.

룬은 다른 자들에게도 이 재미있는 놀이를 선사해 주었다. 붉은구슬은 정확히 룬이 지정한 자에게 날아가 그가 피하든 반항하든 상관없이 그들을 관통하고 지나갔다.

"마, 마법사?"

그다지 특이할 게 없어 보이는 룬이 마법사라니 놀랄 일이었다.

하지만 그렇다고 달라질 건 없었다.

그래봐야 상대는 한 명뿐이었다.

"뭣들해. 당장 이놈을 잡아."

수십명의 파락호들이 동시에 룬에게 달려들었다. 제대로 된 무기는 없었다. 어떤 자는 농사를 할 때 쓰는 곡괭이 같은 것을 들었고, 아예 호미를 든 자도 있었다.

사내는 다시 느긋하게 의자에 앉았다.

아무리 대단한 마법사라 하더라도 다구리 앞에서는 장사가 없는 법이다.

하지만 그것이 자신만의 착각임을 깨닫는데는 그리 오랜시간이 필요치 않았다.

룬이 손짓한번 할때마다 파락호들은 추수철 열매처럼 우르르 떨어져 나갔다.

가끔 룬에게 달라붙어도 귀신처럼 빠져나갔고 설사 정통으로 맞아도 옷깃 하나 흐트러지지 않고 멀쩡했다.

풀썩.

마침내 마지막 자가 쓰러졌다.

바닥은 이들이 흘린 피로 붉게 물들어져 있었다.

룬은 뒤를 돌아서 의자에 앉아 있는 사내를 내려다 보았다.

"모 목숨만 살려주십시오."

"죽이지는 않습니다. 내 백성의 피를 빨아 먹은 놈인데 그렇게 쉽게 죽일 수는 없죠."

"그, 그럼."

"이곳에 있는 누구도 아직은 죽지 않았습니다. 묻는 말에만 대답해 주면 저들을 포함하여 당신의 목숨 또한 살려 드리도록 하지요."

"얼마든지 물어 보십시오."

"뒤를 봐주는 자들의 이름을 모조리 말하십시오. 한 명도 빠짐없이 전부 다."

"그 그것이……."

"말하지 않는다니 하는 수 없군요."

룬은 일부러 천천히 그에게 손을 뻗었다.

사내는 가까워지는 룬의 손을 보았다. 그는 극심한 공포에 휩싸였다.

죽음에 대한 두려움이 아니었다. 그보다 더 한 고통에 대한 공포였다.

"마, 말하겠습니다. 모조리 말하겠습니다."

룬이 얘기해 보라고 손짓을 했다.

"알케이다, 쉐우스, 막심님이십니다."

그 말을 들은 룬의 얼굴이 읽으러졌다. 그들은 경비대의 주축인원이었다. 특히 알케이다는 경비대의 총 책임을 맡고 있는 경비대장이었다.

"뿌리까지 썩어 있다 이 말이로군."

"저…… 그럼 저는……."

"물론. 약속대로 살려주도록 하지."

룬이 손을 뻗어 사내의 혈을 짚었다.

"이, 이건 약속이……으아악"

사내는 말을 이을 수 없었다. 뼈가 으스러지는 극심한 고통에 비명을 질러야 했기 때문이다.

"삽십분있으면 자연히 정상으로 돌아올겁니다. 그럼 약속은 지켰으니 이만."

룬은 장내를 빠져나왔다. 그리고 신호탄을 쏘아 올린 뒤 곧바로 백작가로 돌아왔다. 돌아오는 길 중간에 중년인이 소개시켜준 천막이 있었다.

룬은 천막을 열었다.

이십여 개의 눈이 룬을 들여다보았다.

"아저씨가 이제 저희들의 주인인가요?"

중년인에게 호되게 당하던 소녀가 말했다.

"그래."

"이제 어디로 가는 건가요?"

"어디로 가고 싶니?"

……?

소녀가 이상한 얼굴을 한다.

"가고 싶으면 갈 수 있는 건가요?"

소녀가 조심스레 묻는다.

"원한다면."

"성안으로 가고 싶어요."

"거긴 안 돼."

"왜요?"

"그들은 정당한 값을 치룬만 살 수 있는 곳이야."

"원래부터 그곳에 살던 사람들은요? 저는 제가 원해서 이곳에서 태어난게 아닌데 그건 너무 불공평해요."

"세상은 원래 불공평한 거란다. 너무 걱정하지 말아라. 이 아저씨가 이곳도 살기 좋은 곳으로 만들어줄테니까. 자, 너는 이제 가고 싶은 곳으로 가거라."

"……."

하지만 소녀는 움직이지 않았다.

"얼마 안가 다시 붙잡혀 올거에요."

"걱정 마라. 그들은 이제 없으니까."

"여길 나가면 굶어 죽을 거예요."

룬은 처음으로 인상을 썼다.

"그게 무서워서 계속 이렇게 살 거니?"

"그건……."

"용기를 내렴."

룬이 소녀의 손을 잡았다. 그리고 힘을 주어 자신의 쪽으로 끌었다. 소녀는 머뭇거리다가 룬의 손에 이끌려 천막 밖을 나왔다.

천막 밖은 생각보다 무섭지 않았다.

"당신들도 이제 나오세요. 약속합니다. 다시는 이런 일은 없을 겁니다."

하나 둘 천막 밖으로 나오기 시작했다.

"이걸 받으세요. 당분간 끼니는 채울 수 있을 겁니다."

룬은 각자에게 은화 몇 개를 주었다. 그리고 소녀의 머리를 한 번 쓰다듬은 다음 백작가로 돌아갔다.

백작가에온 룬은 르넨과 플리에오르를 만나 방금 있었던 일에 대해 설명했다.

"세상에. 인간을 그런 식으로 거래하는 말종들이 있다니."

"르넨님도 전혀 모르고 계신 모양이군요."

"예. 알았다면 절대 그냥 놔둘 리가 없죠."

"플리에오르님은 일단 토르기사단을 이끌고 그들을 추포하세요. 위치는 아까 제가 신호탄을 쏘아올린 그곳입니다. 그곳에 갇혀 있는 사람들은 일단 풀어주고 일상생활이

가능한 정도가 될 때까지 보살펴 주세요. 그리고 그들과 관련된 경비대들도 모두 추포하세요. 경비대장이 관련되어 있는 일이니 조사하다보면 더 많은 자들이 연루되어 있을 겁니다."

"알겠습니다."

플리에오르가 인사를 한 뒤 자리를 떠났다.

"면목이 없습니다."

"아닙니다. 오히려 저의 불찰이지요. 지금에 와서 누구의 잘잘못인지 따져서 무엇하겠습니까."

룬은 르넨의 어깨를 치며 격려해 주었다.

"죄수들은 어떻게 할까요? 인간이길 포기한 자들이니만큼 목을 잘라 광장에 걸어두는 게 좋을 거 같습니다만."

"너무 후한 처사군요."

"후하다니요. 사형보다 더 큰 형벌이 어디 있다고……."

"도망가지 못하도록 손과 발에 철심을 박아 놓고 노역을 시키세요. 마법실험 재료로 써도 괜찮고, 죽을 때까지 일을 시키는 것도 괜찮고, 몬스터토벌에 미끼로 써도 괜찮겠군요."

너무나 섬뜩한 말에 르넨은 몸을 부르르 떨었다.

"하지만 그건 너무……."

"비인륜적인 일이지요. 하지만 르넨님이 말했듯 그들은 인간이길 포기한 자들입니다. 그런 자들에게 인간을 기준으로 한 형벌은 너무 후한 처사입니다."

"……."

르넨은 대답을 하지 못했다. 하지만 내키지는 않아도 완전히 틀린 말도 아니었다. 사형은 가장 무거운 처벌이기도 했지만 어찌 보면 너무 쉬운 형벌이기도 했다.

"경비대를 새롭게 꾸려야 할 거 같습니다."

"예. 그거라면 플리에오르님과 상의해서 개편해 보겠습니다."

"그럼 믿겠습니다. 그리고 부락민들의 사정이 너무 좋지 않습니다."

"미스릴광산이 본격적으로 채굴을 시작 했으니 조만간 재정이 넉넉해 질 겁니다. 당장은 무리고 그 후에 힘을 써 보겠습니다."

"알겠습니다."

"그리고 가문의 일을 담당할 사람을 더 뽑는 것이 어떨지요."

룬이 돌아온 후부터 르넨의 업무는 이전보다 배는 더 많아졌다.

"음. 기왕이면 우리에 대해 잘 아는 사람을 뽑는게 좋겠군요…… 부집사로 오르온은 어떻습니까?"

"오르온이요? 하지만 그녀는 하녀입니다."

"그렇지만 능력이 있는 친구입니다. 셈도 빠르고 무엇

보다 가문의 사정을 잘 알고 있죠."

"그렇긴 하지만……."

르넨도 오르온의 명석함은 느끼고 있었다.

간단한 청소를 할 때만 하더라도 물건의 위치를 완벽히 기억하여 제자리에 놓는다던가, 셈을 시킬 때면 믿을 수 없을 정도로 빠르게 끝내곤 하였다. 능력만으로 보자면 부족함이 없었다.

하지만 그녀를 부집사로 임명하기에는 문제가 될 것이 너무나도 많았다.

만약 그녀를 부집사로 임명하게 되면 기존에 있던 조직 체계자체가 흔들릴 수 있었다. 당장 직속상관인 하녀장만 하더라도 그녀의 밑이 되는 것이다.

무엇보다 이곳은 신분이라는 것에 민감했다. 평범한 평민도 아니고 준 귀족인 부집사로 임명하는 건 너무나 혁명적인 일이었다.

"집사님의 사람을 고르는 것이니 강요하는 하지 않겠습니다. 일단 공식적으로는 평민으로 복귀시킨 후에 일이라도 시켜보세요."

"그렇게 하도록 하겠습니다."

"저는 일이 있어서 먼저 가봐야 할 거 같습니다. 그럼 부탁드립니다."

NEO FUSION FANTASY STORY & ADVANTURE

제 2 장

시발점

제 2 장
시발점

룬은 다시 발걸음을 옮겼다. 커다란 호수를 지나 몇 개의 산은 넘어 모리튼산맥에 도착했다. 중간에 부락에서의 일 때문에 예상보다 너무 늦은 시간이었다.

브리튼은 현재 엘프의 숲에 있었다. 바르텐의 여관에 두었던 것을 엘프의 숲으로 옮긴 것이다.

룬은 기억을 더듬어 엘프의 숲으로 움직였다. 어느 정도 걷자 희미한 막으로 가로막힌 곳에 당도했다.

룬은 정신을 집중시켜 마나를 끌어 올렸다. 룬의 몸에서 붉은 빛이 났다. 언제부턴가 룬의 마나는 불에 기운이 감돌았고 굳이 색으로 따지자면 붉은 쪽에 가까웠다.

정령왕과의 계약 때문인지, 아니면 원래부터 가지고 있

던 불의 기운이 이제야 깨어난 것인지는 알 수 없었다.

룬이 투명한 막을 향해 손을 내짖자 허공에 물결이 치듯 공간이 일그러졌다.

룬을 일그러진 사이로 걸어 들어갔다.

슈슈슉-

그때 장맛비라도 내리는 것처럼 엄청난 수의 화살이 쏟아져 내렸다.

룬은 오러실드를 일으켜 화살을 몸으로 받아냈다. 날아오던 화살이 룬의 몸에 맞고 옥수수처럼 우수수 떨어져 나갔다.

"###."

룬은 고개를 들어 소리가 들린 곳을 바라보았다. 빼곡이 들어선 나무 위로 엘프들이 활을 겨눈 채 룬을 주시하고 있었다.

"###."

엘프가 다시금 무어라 말을 했다. 하지만 룬은 전혀 알아 들을 수가 없었다.

이상함을 느낀 엘프가 안력을 높혀 룬을 자세히 보았다.

"인간인가?"

조금은 투박한 대륙공용어가 엘프의 입에서 튀어나왔다.

룬이 고개를 끄덕였다.

"인간이 어떻게……."

"네이처님을 만나러 왔습니다. 룬이라고 하면 알 것입니다."

그는 얼마 전 네이처와 함께 이곳에 들어온 인간 한명을 떠올렸다.

"기다려라."

잠시 후, 네이처가 모습을 드러냈다.

"그렇지 않아도 언제 오나 기다리고 있었네."

네이처의 억양은 인간 못지않게 유연해져 있었다. 처음 만날 때보다 더 는 느낌이었다.

"들어가세."

네이처가 손짓을 하자 경계를 취하고 있던 엘프들이 순식간에 나무 사이로 사라졌다. 원래부터 아무도 없었던 것처럼 일사분란한 움직임이었다.

룬은 커다란 나무에 구멍을 판 공간으로 들어갔다. 수천 년은 돼 보일 법한 커다란 나무 안이라 그런지 내부는 웬만한 건물만큼이나 컸다.

"좋은 향기가 나는군요."

"자연과 벗 삼은 나무에서는 그 어떤 것보다 좋은 향이 나지. 인간들이 만든 인위적인 향으로는 절대 따라할 수 없는 깊음이 있다고나 할까."

동의 한다는 듯 룬이 고개를 끄덕였다.

"무슨 일 때문에 왔나?"

"이곳에 맡긴 인간을 만나러 왔습니다."

"그 자라면 지하 감옥에 고이 모셔두었네."

"엘프들에게도 감옥이란 개념이 있습니까?"

그 말에 네이처가 도리어 반문한다.

"그럼 없을 것 같나?"

"예. 엘프들은 모두 진실하기에 감옥 같은 건 없을 줄 알았습니다."

그 말에 네이처가 피식 웃었다.

"순진한 생각이군. 자네는 이 많은 엘프들이 모두 같을 거라고 생각하나?"

정말로 순진한 건지, 아니면 깊게 생각해 본적이 없어서인지 룬은 그렇게 생각하고 있었다. 책에서 맹목적으로 배운 지식의 한계였다.

말을 하고 있는 사이 인기척 소리가 들려왔다. 젊고 아름다운 엘프였다.

겉모습은 그렇지만 사실 그녀는 룬보다 수백 년은 먼저 이 땅을 밟았다.

그녀는 차를 내놓고는 룬을 힐끔 거렸다. 그리고는 자리를 떠났다.

룬은 네이처가 차를 마시는 것을 본 후 뒤따라 마셨다. 차를 입에 댈 때 나뭇잎향이 나기는 했지만 물처럼 은은한

맛이었다.

“향이 좋군요.”

“좋은 차는 맛으로 먹고 더 좋은 차는 향으로 먹는다고 했지.”

네이처의 말에서 차에 대한 자부심이 느껴졌다. 차에 대해서 잘 알지 못하는 룬은 그런가보다하고 생각했다.

룬이 찻잔을 비우고 있는 사이 네이처가 룬을 유심히 살폈다.

“왜 그리 보십니까?”

“정령과 친화력을 살펴보는 중이었네.”

“보는 것만으로 알 수 있습니까?”

“단순히 보는 게 아니야.”

“그렇습니까? 제 친화력은 어떤거 같습니까?”

“솔직히 말해 불의 기운이 강하기는 하나 정령의 친화력은 전혀 느껴지지 않네. 대체 자네 같은 자가 어떻게 정령왕을 소환해 낼 수 있었는지 모르겠군.”

드래곤은 정령왕과 동등한 입장이기 때문에 논외로 치면 정령왕과의 계약은 엘프들만의 전유물이었다.

수백 년 전 아주 뛰어난 인간 정령사가 정령왕과 계약을 맺은 적이 있지만, 그 무게를 감당하지 못하고 얼마못가 비명을 달리했다.

그를 직접 만나본 적이 있기에 실력이 얼마나 뛰어난 지 알고 있는 네이쳐였다.

그런 그조차도 계약을 맺고 얼마안가 비명횡사 했는데 그다지 대단해 보일 것도 없는, 게다가 친화력이라고는 전혀 없는 룬이 정령왕과의 계약을 유지하고 있다는 것이 보고서도 믿을 수가 없었다.

"자네 혹시 다른 정령은 부릴 수 있나?"

"아니요. 사실 시도를 해본적도 없습니다."

"그래? 그럼 한 번 해보겠나? 혹시 아나, 나조차도 감지할 수 없는 무언가가 자네에게 있을지."

룬은 별로 그러고 싶은 마음이 없었다. 하지만 네이처의 강렬한 눈빛을 보자 차마 거절 할 수가 없었다.

"알겠습니다. 그런데 어떻게 소환을 하죠?"

"허, 참. 정말로 정령에 대해서는 아는 게 전혀 없군."

투덜대면서도 네이처는 상세히 정령을 소환하는 법을 알려주었다.

룬은 제법 집중하여 네이처가 하는 말을 들었다.

일단 룬이 불의 기운이 강하니 불의 정령을 소환해 보기로 했다.

"불의 정령 카사여 내 부름에 응하여라."

룬의 부름에도 카사는 감감무소식이었다.

"제가 뭘 잘 못한 건가요? 다시 해 볼까요?"

"그럴 필요 없네. 정말이지 정령과의 친화력이 전혀 없을 줄은 몰랐군."

최하급정령인 카사조차 소환하지 못하면서 정령왕인 이프리트와 계약을 맺었으니 참으로 불가사의한 일이 아닐 수 없다.

룬은 뭔가를 곰곰이 생각하기 시작했다.

네이처는 룬의 집중을 깨트리지 않고 조용히 지켜보았다.

그런데 한참이 지나도 룬이 아무런 반응이 없었다.

"이봐, 자네 괜찮나?"

"아, 예."

네이처가 툭 건들자 룬이 졸다가 깬 사람처럼 화들짝 놀랐다.

"무슨 생각을 그리 했나?"

"정령계에 갔을 때를 떠올렸습니다."

"그건 왜?"

"그때 정령들과 대화를 나누었는데 혹시 그때처럼 부를 수 있나 시도해본 겁니다."

"그래서 성공했나?"

"보시다시피요."

룬이 허공에 대고 손을 휘저었다.

성공했다면 지금쯤 카사든 누구든 나와 있어야 했다.

그런데 그때 룬의 손마디를 따라 빨간 빛이 일렁거리기

시작했다.

그 빛은 점차 선명해 졌다.

이내 찬란하게 빛나더니 불타는 새 한 마리가 나타났다.

새라고는 하지만 사람만큼이나 큰 몸집을 하고 있었다.

불의 하급정령. 카사였다.

"……."

네이처가 화들짝 놀랐다.

카사에게서는 건잡을 수 없이 강한 기운이 뿜어져 나왔다. 그가 평소 부리던 귀여운 카사의 모습이 아니었다.

네이처는 이 쉼터가 홀라당 타버리는 게 아닌가 하는 생각에 휩쌓였다.

하지만 그건 기우였다.

카사에게서는 태양처럼 강렬한 기운이 뿜어져 나오기는 했지만 주위를 태우지는 않았다.

"이게 대체 어떻게 된 건가?"

네이처가 놀라 물었다.

하지만 룬도 영문을 모르기는 마찬가지였다.

"대체 이게……."

네이처가 재차 물으려 했으나 이내 멈추었다. 룬의 안색이 몰라보게 나빠져 있었기 때문이다. 호흡마저 불안정할 지경이었다.

룬은 힘든 와중에 고개를 들어 카사를 보았다. 그리고는 입을 뜰썩거렸다. 하지만 말이 나오지는 않았다.

"헉헉."

얼마 지나지 않아 카사는 모습을 감추었고, 룬은 전력질주를 한 것처럼 숨을 헐떡였다.

네이처는 룬이 안정을 되찾을 때까지 기다렸다.

어느정도 시간이 지나자 조심스럽게 물었다.

"대체 어떻게 된 건가?"

똑같은 질문의 반복이었다.

"잠시만…… 그리고 절대 절 만지시면 안됩니다."

룬은 대답을 미룬 채 가부좌를 틀었다.

호흡을 할 때마다 대기의 마나가 룬의 몸속으로 유입되었다.

유입된 마나는 마나의 길을 거쳐 마나홀에 쌓였다.

그 과정이 몇 번 반복 되자 룬의 안색이 점차 깨끗해지기 시작했다.

그를 보던 네이처는 카사를 봤을 때 만큼이나 기괴한 얼굴이 되었다.

룬 주위가 마치 공간이 읽으러 지는 듯 했다.

하지만 단순히 착각만은 아니었다. 그건 주위의 마나를 강렬히 빨아들이며 생긴 마나의 소용돌이였다.

"후우."

룬이 깊게 숨을 내쉬며 자리에서 일어났다. 예의주시한

눈으로 자신을 보고 있는 네이처의 모습이 보였다.

"이런, 마나연공덕분에 공기가 탁해져버렸어."

자연의 마나는 풍요로웠다. 특히 엘프의 숲은 농도 짙은 마나가 가득했다.

"그럴리가요."

룬이 너스레를 떨며 대답했다.

대답은 그렇게 했지만 주변의 공기가 조금 탁해진거 같기도 했다.

"어떻게 인간의 몸속에 그렇게 많은 마나가 들어갈 수 있는 거지?"

네이처는 사실 꽤 놀랐다. 룬의 모습은 꽤 평범한 편이었다. 외형이 그렇다는 게 아니라 풍기는 기운이 그랬다.

룬의 마나연공을 눈앞에서 보지 못했다면 이토록 많은 마나를 흡수했다는 사실을 믿지 못했을 것이다.

"글쎄요? 마나는 부피가 있는 개념이 아니니까 얼마를 흡수할 수 있을 지는 크기와 무관한 거 아닙니까?"

그건 그랬다. 그렇게 따지면 마법사건 검사건 할 것 없이 덩치가 큰 사람이 제일이었다.

"그런데 그건 뭐였나?"

"카사였습니다."

"카사라……."

방금 소환된 정령은 정령과 가장 밀접한 관계에 있는 네이처조차 처음 보는 것이었다.

"예. 정령계 그대로의 모습을 한 카사지요."

"카사 본연의 힘이 저 정도나 된단 말인가? 상급정령과 비교해도 전혀 밀리지 않는군. 아니, 오히려 이그니스를 뛰어넘는 정도야."

"정령계에서 본 이그니스는 형언할 수 없을 정도로 강했습니다. 이프리트보다 강했죠. 소환된 이그니스를 보지는 못했지만 아마 본연의 카사보다는 약할 겁니다."

"실로 엄청나군. 정령은 소환되면서 힘의 반을 잃는 다고 하던데, 이제 보니 일할이나 제대로 발휘하는 건지 모르겠어."

엘프가 정령과 함께 한 세월은 역사에 기록할 수 없을 만큼 오래된 일이다.

하지만 아무리 오래되었어도 정령계를 다녀온 자는 없었다. 정령 본연의 힘이 얼마나 되는지, 소환되면서 얼마의 힘을 잃는지, 추측만 할 뿐 정확한 근거는 없었다.

정령왕과 계약한 스프릿스킹의 연대를 추축해 반절의 힘을 잃는다는 것이 정설일 뿐 진실은 아니었다.

하지만 오늘, 정령 본연의 힘을 눈앞에서 본 이가 나타났으니 이제 학설이 대립할 일은 없었다.

네이처는 가슴이 두근거렸다. 별 것 아닐 수도 있으나, 역사상 정령 본연의 모습을 본 최초의 엘프가 된 것이다.

네이처는 일전에 룬과 만났을 때 정령계에 대하여 왜 진작 심도 깊은 대화를 나누지 않았을까 후회하였다.

'하긴, 정령계에 직접 다녀온 인간에 비하면 보잘 것도 없지.'

그렇게 마음을 다잡았지만 한 가지 욕심이 생겼다. 본인도 룬처럼 정령 본연의 모습대로 소환을 할 수는 없을까.

"그런데, 대체 어떻게 했기에 카사가 본연의 모습으로 소환이 된 건가? 아까 카사를 부른다고 했는데 정령계에 있는 카사에게 직접 말을 걸 수도 없을테고……."

"정령왕과 보이지 않는 연결고리같은게 있습니다. 그걸 통해 정령왕에게 카사 한 마리만 소환해 달라고 부탁했습니다. 그게 전부입니다. 왜 정령이 그대로 소환됐는지는 저도 잘 모르겠습니다."

"정령왕께 물어 보면 안 되나?"

"대화가 가능한 건 아닙니다. 이렇게 제 뜻을 전한 것도 이번이 처음입니다."

"으음. 그렇구만."

아닌 척 했지만 네이처가 아쉬운 지 입맛을 다셨다.

"어쨌든 다시는 소환하지 않을 겁니다."

룬이 짐짓 겁에 질린 표정을 지었다.

룬의 안색이 대번 굳어지는 것을 지켜본 네이처가 이해한 다는 듯 고개를 끄덕였다.

본래 정령을 소환하고 유지하는 데는 소환자의 마나가 필요하다.

하지만 그 중 대부분의 힘을 정령 본인이 부담한다. 그래서 인계에 소환된 정령의 힘이 반감 되는 것이다.

그런데 그 강한 정령을 순수한 인간의 몸으로 지탱하려 하니 몸이 축날 수밖에 없었다.

"카사가 저리 강할진데 정령계에서 본 정령왕의 모습은 어떠했나?"

"오히려 아무렇지 않았습니다. 타는 듯 한 형상만 아니면 전혀 위압감이 없는 모습이었습니다."

"그를 꿰뚫어 볼 눈이 없으니 그렇게 보인게로구만."

"그렇습니다."

하더니 네이처는 조금 심각한 얼굴을 하였다.

"왜 그러십니까?"

"그토록 어마어마한 존재께서 우리의 사사로운 부탁을 들어 줄지 걱정이 돼서 그러네."

"이미 그런다고 말했습니다."

"그렇긴 하지만."

"정령왕은 우리의 상식을 벗어난 존재입니다. 우리에게 아무리 큰일이라도 그에게는 사사로운 일밖에 안 될겁니다."

"그렇긴 하겠군……."

어느새 시간이 꽤나 지나 있었다. 정령에 대해 이야기하느라 룬이 왜 왔는지 생각 못하고 너무 시간을 뺐었나 싶었다.

"그만 일어나세."

"예."

네이처는 룬을 브리튼이 있는 곳으로 끌고 갔다. 브리튼이 있는 곳은 깊숙한 지하 어디 쯤이었다. 지하임에도 신기하게 나무냄새가 났다. 지하에 왔다기보다는 커다란 나무의 깊숙한 곳으로 들어온 느낌이었다. 지하 감옥이라고 하지만 죄수들은 보이지 않았다.

얼마정도 걷자 브리튼의 모습이 눈에 들어왔다. 그는 식물줄기같은 것으로 결박되어 있었다.

룬에게 치명상을 당한데다 마나를 제어하는 특수한 결박이 되어 있기에 옴짝달싹할 수 없는 상태였다.

그에 반해 혈색은 제법 괜찮았다. 질 좋은 엘프들의 과일을 매일 먹었기 때문이다. 물론 브리튼에게 내어준 것은 엘프들의 기준으로는 폐급 수준이었다.

하지만 그 정도로도 인간세상의 최상급 과일보다 뛰어났다.

"그럼 얘기 나누게. 보시다시피 결박을 당해 있으니 아무런 것도 하지 못할 거야. 뭐, 그렇지 않다하더라도 자네에게 해를 끼칠 수는 없을 테지만."

네이처가 눈치 좋게 자리를 피해주었다.

“생각보다 늦게 왔군.”

브리튼은 자신의 처지를 잊은 것인지 제법 여유로워 보였다. 제발 목숨만 살려달라고 애원을 하던 전과는 사뭇 다른 모습이었다.

“아직 풀려날 수 있다는 희망을 버리지 못한 겁니까, 자포자기 하는 겁니까?”

“무슨 말인가?”

“자신의 처지와 어울리지 않는 여유라고 생각되지 않습니까?”

“그러는 너야 말로 웃기다고 생각하지 않나? 너를 죽이려 했던 사람에게 이렇게 예를 차리다니 말이야.”

브리튼은 알 수 없는 웃음을 지었다.

“아닌 척 하지만 나는 알아. 나 때문에 감정이 상했다는 것을 들키기 싫은거겠지. 그래서 그렇게 태연한척 연기를 하는 것이고.”

“사람 기분을 건드는 데는 상당한 재주가 있군요. 하나만 묻죠. 스엣을 빼돌린게 누굽니까?”

“스엣? 아, 그 아름다운 아가씨를 말하는 거로군. 그녀가 사라졌나? 나는 모르는 일이야.”

“그 사실을 아는 건 당신뿐일 텐데 당신이 아니면 누구입니까?”

"나 말고 아는 사람이 더 있어."

"그게 누굽니까?"

"누군지 나도 몰라. 복면을 쓰고 있는데다 음성변조마법까지 사용하고 있었으니까. 전혀 짐작도 안 간다고."

"그를 보려면 어떻게 해야 합니까?"

"나도 몰라. 항상 그쪽에서 먼저 연락을 해왔으니까."

룬은 천천히 그에게 다가가 한쪽무릎을 꿇고 눈을 맞췄다.

"나를 죽일 생각인가?"

끄덕.

"사람을 많이 죽여본 얼굴이군. 눈빛에 전혀 망설임이 없어. 너는 대체 누구지?"

룬은 그 물음을 무시했다.

"지금 가장 원망되는 사람이 누굽니까."

"바르타인공작."

"잘 됐군요. 그도 머지않아 당신 곁으로 보내 드리겠습니다."

브리튼은 최후를 예감했다. 막상 체념하고나니 마음이 편안했다.

브리튼은 눈을 감았다. 아니, 그보다 먼저 룬에 의해 의식을 잃었다.

룬은 지하 감옥을 나와 네이처에게 갔다. 네이처는 엘프들 몇몇과 신이 난 얼굴로 무언가를 얘기 하고 있었다.

얼핏 들으니 카사를 본 이야기였다. 그러면서 자신은 이제 역사에 남을 위인이 될 거라는 등의 말을 했다. 신기한 것은 네이처를 둘러싼 엘프들이 경외에찬 눈으로 그를 보고 있다는 것이다.

'그게 그렇게 대단한 거였나?'

룬은 브리튼은 나무 옆에 눕혀 두고 네이처에게 갔다. 그는 아직 죽지 않았다. 그렇다고 살려둘 마음이 있는 건 아니었다. 엘프의 숲에서 살인을 하는 것이 마음에 걸려 잠시 보류를 했을 뿐이었다.

룬이 다가가자 분위기가 순식간에 무거워 지는 것을 느꼈다.

오랜 시간 세상을 피해 산 엘프들이었다. 낯선 인간의 방문이 반가울리 없다. 더군다나 지난 번에는 인간무리가 쳐들어 오기까지 했었다. 장로인 네이처의 지시만 아니었다면, 이런 인간을 이 땅에 들일 일을 없었을 것이다.

"이야기는 다 나누었나?"

룬을 발견한 네이처가 먼저 말을 걸었다.

주변에 있던 엘프들이 불신으로 가득찬 얼굴로 룬을 예의주시했다.

"예."

"데리고 갈 생각인가?"

"아니요."

"어차피 죽일 자라면 이곳에 두고 가도 괜찮네. 엘프들의 방식으로 죽음을 맞이한다면 저자에게도 축복일 테니까. 살아생전 무엇을 했든 죽어서까지 모욕을 받을 필요는 없지 않나."

살생을 하지 않는다고 알려진 엘프들에게도 공개적으로 사형을 집행하는 제도는 있었다.

그들은 그것을 하나의 의식으로 여겼다.

룬은 굳이 엘프의 숲에서 나가 번거롭게 하느니 네이처의 말에 따르는 것도 나쁘지 않다고 생각했다.

-장로님. 아무리 우리를 도와줄 인간이라지만 이렇게 우리의 공간을 함부로 돌아다니게 해도 되는 겁니까?

룬에 대한 적대심, 보금자리에 대한 걱정이 묻어난 음성이었다.

물론 엘프어였기에 룬은 그가 무슨 말을 하는 지 알아들을 수 없었다.

-말 잘했네. 그냥 도와주는 게 아니라 우리의 터를 지켜줄 인간이야. 그런 그에게 정작 이곳에 오지 못하게 하는 게 타당하다고 보는가?

-하지만 인간은 믿을게 못됩니다. 우리를 도와준다고 하여 꼭 등에 칼을 꽂지 말라는 법은 없습니다. 더욱이 인

간은 필요에 따라 언제든 배신을 일삼는 종족이니 더더욱 믿을 수 없습니다.

엘프들이 이렇게 숨어 사는 건 워낙 폐쇄적인 탓도 있지만 인간들의 탐욕 때문인 이유가 더 컸다.

엘프들의 아름다움을 탐내고, 먹을 것을 탐내며, 인간이 갖지 못한 모든 것을 탐냈다. 그리고 그것을 쟁취하는 데는 빼앗은 것이 가장 편리한 방법이었다.

-모든 인간이 그와 같은 건 아니야.

-장로님께서는 저 인간이 그렇지 않다고 확신하실 수 있습니까?

-내가 신이 아니고서야 그걸 어찌 확신할 수 있겠나. 하지만 말했듯 그는 우리에게 은인과도 같은 존재야. 대부분의 인간이 탐욕스럽다고 하여 그까지 그렇다고 단정지을 수는 없는 일이네.

-대부분이 아니라 모든 인간이 그렇습니다. 기회가 없어 본성이 드러나지 않을 뿐.

"……."

"저 말씀 중에 죄송한데 저는 이만 가보겠습니다. 그리고 이 자는 제가 알아서 처리하도록 하겠습니다."

룬은 둘이 무슨 이야기를 주고받는지 모르지만 분위기는 대강 파악할 수 있었다. 이곳에서 룬은 환대받을 수 없는 손님이었다.

"벌써 가려고 그러나? 그자는 끝내 그냥 데리고 나갈 생각인가?"

"예."

"그는 우리에게도 죄인이야. 사실 의식을 치르자는 이야기가 많이 오갔지만 자네를 봐서 살려둔 것이었어. 다른 이유가 없거든 내 말에 따르게."

적대적인 엘프들의 시선이 거슬리기는 하지만 그 의식이라는 것을 보고 싶은 것도 살이었다.

"흠. 그럼 저도 같이 볼 수 있을까요?"

"그래."

말을 마친 네이처는 다른 엘프에게 엘프어로 무어라 말을 했다.

말을 듣던 엘프는 조금 분개하였으나 이내 네이처의 말에 따랐다.

그 역시 엘프의 영역을 침범한 브리튼에게 의식을 치루고 싶었던 마음이 굴뚝같았기 때문이다.

물론 룬이 엘프들의 신성한 의식을 함께 하는 것은 여전히 마음에 들지 않았지만.

엘프들은 곧 사람 하나가 들어갈 만한 크기의 관을 가져왔다. 엘프와 인간의 골격 차이가 그리 크지 않기 때문에 꼭 오늘을 위해 만들어 놓은 것 같았다.

엘프 한 명이 브리튼을 들고 관에 넣었다.

"어, 저……."

룬이 조금 다급하게 말했다

"왜 그러나?"

"아직 죽은 게 아닙니다."

……?

네이처는 이상한 표정을 지었다.

"죽지 않았으니 관에 넣지."

이제는 룬이 이상한 얼굴이 되었다.

"죽은 사람을 관에 넣어 의식을 치뤄봤자 무슨 의미가 있겠나."

룬은 이곳에 엘프들의 영역임을 깨닫고는 상식을 벗어나는 일이 있어도 잠자코 있어야겠다고 생각했다.

브리튼을 관에 넣은 엘프들은 곧 네이처를 선두로 하여 어디론가 움직였다.

룬은 그들의 뒤를 바짝 따라갔다. 몇몇 엘프들이 곱지 못한 시선을 보냈지만 모른 척 했다.

잠시 후 룬은 성지에 도착했다. 성지 중앙에는 횃불같은 것이 있었고 그 앞에는 땅이 깊게 파여져 있었다.

네이처가 지시하자 엘프들은 관을 그곳으로 집어넣었다. 그리고는 손으로 직접 흙을 메꾸기 시작했다. 그러는 사이 네이처는 무릎을 꿇고 주문 같은 것을 외웠다.

룬은 이 모든 것이 신기했다.

살인, 아니 살육을 하지 않는 다고 알려진 엘프들.

그러나 의식이라는 그럴듯한 핑계로 생매장이라는 잔인한 짓을 하고 있었다.

그렇다고 엘프들이 꼭 이중적으로 보이거나 한 것은 아니었다.

의식을 진행하고 있는 그들의 표정이 사뭇 진지하고 결연스러워 보였기때문이다.

'관점의 차이인건가.'

생매장은 인간인 룬의 기준으로는 굉장히 극악무도한 짓이었다. 칼로 사람을 찌르는 것 보다 못하다고 할 수 없는 수준이었다.

하지만 이들에게는 성스러운 것이었다. 엘프는 자연과 조화를 이루어 살아가는 존재였다. 그런 그들에게 자연의 품으로 돌아가게 해주는 것은 의식이었다.

흙이 모두 메꿔질 때까지는 거의 삼십분이나 걸렸다. 도구를 이용하거나 혹은 마법, 엘프들이 애완동물처럼 다루는 땅의 정령을 이용했다면 순식간에 끝날 일이었지만 마지막 흙이 덮어질 때까지 오직 손으로만 모든 것을 해냈다.

마지막 흙이 덮어지자 주위에 있던 엘프들은 모두 무릎을 꿇고 네이처가 외우는 주문을 따라 하였다.

거의 한 시간여를 다 같이 주문을 외우고 그들은 자리에서 일어났다.

의식은 그것으로 끝이었다.

네 명의 엘프가 관을 지지하던 받침대를 들었고 네이처가 선두로 다시 원래 있던 곳으로 움직이기 시작했다.

룬은 궁금한 게 많았으나 네이처에게 다가가기가 껄끄러웠다.

다시 마을에 돌아와서야 룬은 네이처에게 다가가 말했다.

"계속 주문을 외우시던데 뭐라 말하신 겁니까?"

"다시는 이 땅에 불미스러운 일이 발생하지 말아 달라 빈 것이지. 다음 생에는 그 자 역시 좋은 사람으로 태어나 달라길 빌었고."

"그 외에 다른 건 없습니까?"

"다른 거?"

"이를 테면 보복같은거라든지……."

"보복?"

보복이라는 단어가 무슨 뜻인지 모르는 것은 아니었다. 하지만 그 의미가 무엇인지 선뜻 이해가 되지 않았다.

룬은 자신의 말을 단번에 이해하지 못하는 네이처를 보며 굳이 대답을 듣지 않아도 답을 알 것 같았다.

"아닙니다. 제가 괜한 질문을 했군요."

룬은 괜히 안심이 되었다. 특별한 이유는 없지만 엘프들이란 존재가 상상했던 것처럼 그냥 순수한 존재였다면 좋겠다는 생각이었다.

"성지가 있는 곳은 결계가 약하던데 원래 그런 겁니까? 웬만큼 결계에 지식이 있는 자라면 들어오지 못하리란 법도 없을 정도더군요."

"전체적으로 약해진 탓도 있지만 성지가 특히 심하지."

"그럼 그쪽에 경계를 더 강화해야하는거 아닙니까?"

"그곳은 말 그대로 성지야. 의식을 치룰 때가 아니면 함부로 드나들어서는 안 돼."

"하필 그런 곳이 결계가 약한 부분이라니 곤란하시겠군요."

"그러니 하루 빨리 결계를 강화시켜야지."

"저도 하루 빨리 그럴 수 있었으면 좋겠군요."

그 대화를 끝으로 룬은 엘프의 숲을 떠났다.

❖

엘프들의 숲에서 나온 룬은 얼마안가 낯선 인기척 하나를 느꼈다. 처음에는 산짐승인지 알고 신경을 쓰지 않았으나 지속적으로 들려오는 소리에 누군가 미행하고 있음을 확신했다.

'숙련된 어쌔신은 아니다. 최소한 암살이 목적은 아닌

모양이군.'

룬은 걸음을 멈추었다.

그리고 낮게 소리쳤다.

"이만 나오시지요."

"……."

룬은 돌맹이 하나를 집어 들었다. 그리고 허공을 향해 냅다 던졌다.

퍽-

아무것도 없는 허공이었다. 하지만 날아가던 돌맹이는 마치 어떤 사물에 맞은 것처럼 바닥으로 떨어졌다.

잠시 후 공간이 읽으러지며 누군가 모습을 드러냈다. 전신을 검은색 옷으로 가린 복면인이었다.

'브리튼이 말한 그자인 모양이로군.'

"켁. 어떻게 알았나?"

복면인의 음성에는 음성변조마법이 걸려 있었지만 아픔이 그대로 묻어 나왔다.

"그렇게 어설프게 따라오는 데 모르는 게 이상하죠."

"어설프다고, 내가?"

복면인은 어쌔신이 아니었다. 그래서 기척을 숨기는 실력이 형편없었다. 하지만 공간 마법을 적절히 활용하였기 때문에 오히려 어쌔신보다 더 은밀했다.

"왜 미행하신 겁니까?"

"왜 일거 같나?"

유일하게 겉으로 나온 그의 눈이 장난스럽게 변했다.

룬은 대답대신 돌멩이를 집어 들었다.

"그런 무식한 방법으로는 나를 어쩌지 못할텐데."

그러거나 말거나 룬은 복면인을 향해 돌멩이를 던졌다.

순간 복면인의 몸이 허공속으로 사라졌다.

"아 글쎄 안 된다니……. 크억."

공간이 갈라지며 복면인이 나왔다. 배를 부여잡은 그는 극심한 통증을 호소하고 있었다. 눈은 경악으로 물들어 있었다.

"이. 이게 대체……."

"한 번만 더 장난을 치면 다음에는 이게 날아갈 겁니다."

룬은 좌측에 매달려 있는 검을 흔들거렸다.

"당신이 스엣을 빼돌렸습니까?"

복면인이 고개를 끄덕였다.

"왜입니까?"

"왜 일 것 같나?"

룬이 대답대신 조용히 검에 손을 가져갔다.

"히익. 알았네. 알았으니까 검에서 손 좀 때게."

"바르타인공작이 시킨 겁니까?"

"잘 알고 있군. 그럼 왜 그랬는지 또 한 알겠지?"

"인질이군요."

"맞아. 머리가 좋군. 그러니 나한테 함부로 하지 않아야 된다는 것도 알겠군."

복면인이 빙그레 웃었지만 룬은 그것을 무시했다.

"왜 이제야 온 겁니까?"

"도통 틈이 있어야 말이지. 그리고 이런 변방까지 몰래 오는 게 어디 쉬운 일인 줄 알아?"

복면인의 음성에는 그만의 애환이 담겨 있는 듯 했다.

"무사히 그녀를 빼갔는데 데이미안왕자가 제국과 관련된 걸 어떻게 안거죠?"

"조력자가 한 명 있었는데 멍청하게도 잡혀 버렸어. 다행히 비상독을 깨물고 죽긴 했지만 멍청한 놈이 글쎄 몸에 제국군의 문신을 해놓았지 뭐야. 아니, 대체 그럴 거면 비상독은 왜 입안에 숨겨놓고 다녔던거야."

"그가 실패한 일을 당신이 완수한 거군요."

"그래. 아무튼 그 이야기는 그만하자고. 지금 그게 중요한게 아니잖나. 어떤가. 그녀의 목숨이 이제 자네한테 달린 거 같은데. 살릴텐가, 버릴텐가?"

"후자였다면 당신은 이미 이 자리에서 죽었을 겁니다."

복면인은 흠칫했다. 하지만 곧 자신보다 새파랗게 어린 놈의 말 한마디에 겁을 먹은 것을 깨닫고 자존심이 상해 분개했다.

"내가 정체를 드러낼 수 있었다면 내 몸에 손 하나 댈 수 없었을 걸."

복면인은 마법사다. 저써클 마법은 다 비슷했지만 써클이 올라갈수록 본인 고유의 특징이 나타났다. 보통 5써클 정도만 되도 정형화된 마법은 별로 없었다.

왕국에 고써클 마법사는 별로 없었다. 때문에 복면인이 실력을 발휘하면 자신이 누구인지 드러내는 셈이었다.

하지만 알고 있을까.

자신의 눈앞에 있는 보잘 것 없어 보이는 사내가 사실은 대륙에 얼마 없는 7써클 대마법사라는 사실을.

"훗."

룬은 복면인의 발언에 피식 웃었다. 감히 내 앞에서 재롱을 부려 보시겠다? 그렇다면 나도 실력발휘를 해주지.

하지만 이내 고개를 내저었다. 복면인이 정체를 드러내는 것을 꺼리는 것과 마찬가지로 룬 역시 자신을 드러내 보이고 싶지 않았다.

"쓸데없는 완력싸움은 그만하죠. 제가 어떻게 하면 됩니까?"

"일단 제국으로 넘어가는 것이 순서겠지."

복면인 역시 불필요한 싸움은 하기 싫었던 터라 순순히 대답했다.

"그리고는요?"

"그리고는 뭘 그리고야. 가서 바르타인공작을 만나고 그 후부터는 그의 말에 따르면 되는 거지. 일주일 후에 트린베니아로 배가 출발할 거야. 그 배를 타고 트린베니아로 넘어간 뒤에 제국으로 가게 될 거야. 자세한 사항은 그때 알려주도록 하지."

룬은 고개를 끄덕였다.

"그럼 그때 보도록 하죠."

룬이 뒤를 돌아섰다.

그때 복면인이 룬을 불러 세웠다.

"잠깐."

"?"

"저건 어떻게 한 거지?"

복면인이 가리킨 곳에는 룬이 던진 돌멩이가 떨어져 있었다.

"어떻게 하긴요. 그냥 던진 겁니다."

그 말을 끝으로 룬은 그대로 산을 내려갔다.

복면인은 얼굴을 일으러트렸다.

공간마법으로 완전히 기척을 숨겼다. 그걸 찾아낸 것만 해도 놀라운 데 외곡을 뚫고 물리적인 공격을 해왔다.

아무리 그래플아카데미의 검술특기생이라지만 절대 불가능한 일이었다.

복면인은 한참동안이나 룬에 대해 생각했으나 답을 얻

지 못했다.

❖

복면인을 만남으로써 앞으로의 일은 더욱 명확해졌다.

제국으로 떠난다. 바르타인공작을 만난다. 그리고 그에게 복수 스엣과 함께 제국을 빠져 나온다.

물론 그 과정이 몇 마디 말처럼 쉽지 않을 테지만 그런 것 보다는 훨씬 희망적인 것을 생각하기로 했다.

그녀는 왕국의 입장에서는 죄인이지만 대외적인 활동만 하지 않는다면 큰 문제는 없었다. 어차피 그녀의 진짜 모습을 아는 사람은 몇 안 되니까.

'그러기 위해서는 내실을 다져야해.'

왕궁으로 돌아가 오해를 풀게 되면 당장 힘이 필요한 일은 없어진다.

하지만 룬은 기사단을 키우는 것을 접을 생각이 없었다.

그건 당장을 위한 일이 아니었다.

그들은 모진 풍파가 닥쳤을 때 흔들리지 않게 백작가를 지탱해줄 지지대가 되 줄 자들이었다.

룬이 연무장에 돌아왔을 때는 이미 삽십명 남짓의 기사들이 모여 있는 상태였다. 열명은 막 창설되어, 기사라고 부르기도 민망한 리벤지기사단. 그리고 나머지는 토르기사단이었다.

토르기사단은 낡긴 했지만 잘 차려입은 갑옷을 두르고 있었다.

반면 리벤지 기사단은 가죽갑옷을 대충 걸치고 있거나 둔탁한 도끼, 날이 빠진 검, 심지어 평상복차림을 한 사람도 있었다.

리벤지 기사단은 도시에 막 상경한 촌놈처럼 얼빵한 얼굴을 하고 있었고 토르기사단은 이들과 함께 있는 것이 불쾌한지 인상을 한껏 찡그리고 있었다.

“이런 곳이 연무장이라고? 아무리 열악하다지만 정말이지 너무하는군.”

새롭게 등장한 이들은 불새기사단이었다.

그들은 마치 제 집 마냥 아무런 거리낌없이 연무장 중앙으로 향했다.

하필이면 그곳에는 백작가의 기사들이 모여 있었다.

불새기사단이 토르기사단 옆에 서자 전세는 완전히 역전이 되었다.

불새기사단의 화려한 갑옷이 옆으로 오니 그들은 좀 전 리벤지기사단처럼 처량한 모습이 되었다.

하지만 그들은 자긍심을 가진 기사들이었다.

비록 겉모습은 비교할 수 없을 지언즉 자존심을 굽히지는 않았다.

"당신들이 토르기사단원들입니까?"

불새기사단의 기사단장이 말했다.

그는 말을 하면서 기사단을 훑었다.

그의 시선이 리벤지기사단에 다다랐을 때쯤 그의 얼굴은 대번 일그러졌다.

그 변화의 의미는 너무 분명한 것이었다.

"설마 저들도 같은 기사단원입니까?"

"이번에 새롭게 창설된 리벤지기사단입니다."

"정말이지 한 번 보면 도저히 잊을 수가 없는 기사단이군요."

그것은 명백한 조소였다.

토르기사단의 기사단장인 플리에오르는 그의 조소를 느꼈지만 뭐라 대꾸를 할 수가 없었다.

자신이 봐도 리벤지 기사단의 모습은 기사라고 봐줄수가 없는 지경이었다.

솔직한 심정으로는 그의 비아냥거림에 동조하고 싶은 마음도 있었다.

"저런 기사단을 창설하다니. 제가 알기로 베르난도백작님께서는 '무'에 있어서 만큼은 꽤 엄격한 걸로 알고 있습니다만."

"베르난도백작님께서는 현재 병중에 계십니다. 기사단을 창설하신 건 룬님이십니다."

최대한 침착하게 대답을 하기는 했지만 그의 속은 썩 좋지 않았다.

“후. 그런 망나니가 가문을 이끈다고? 백작가에 정말이지 인재가 없는 모양이군. 하긴, 그러니까 저런 말도 안 되는 기사단을 만든 것이겠지만.”

말을 한 이는 몬테니오였다. 딴에는 혼잣말이라고 했지만 플리에오르의 귀에 들리기에 충분할 만큼 큰 소리였다.

그는 과거 검술대회에서 룬과 겨루어 꼴사납게 패배한 적이 있었다. 그 덕에 그는 정식기사가 된 지금도 그때일로 웃음거리가 되고 있었다.

그럴 때마다 그 일은 단순히 재수가 더럽게 없었을 뿐이라고 둘러대곤 했지만 그것 가지고는 상처 난 자존심이 회복되지는 않았다.

그것이 지속되면서 그러한 마음은 곧 룬에 대한 분노로 바뀌었다.

“장차 가문을 이끄실 분이라고 하지 않은가? 말을 조심하게.”

플리에오르의 표정이 굳어지는 것을 본 불새기사의 기사단장이 재빨리 말했다. 내용은 꾸짖는 것이었으나 어투는 전혀 그러하지 않았다.

“제 휘하의 기사가 작은 실수를 했군요. 모르고 한 말 일테니 너무 마음에 담아 두지 마십시오.”

플리에오르는 대꾸를 하지 않았다.

화를 내자니 아직 룬을 완전히 주군으로 인정한 것은 아니었고, 그렇다고 쉽사리 사과를 받아들이기도 애매했기 때문이다.

"지금 작은 실수라고 하셨습니까?"

의외로 둘 사이에 나선 것은 레이센드였다.

그는 룬과 직접 대련을 벌였고 조금은 룬의 진면목을 경험한 인물이었다.

"군주를 욕보이는 일을 작은 실수로 치부해도 되는 겁니까? 그럼 제가 토레논공작님을 욕보여도 작은 실수니 그냥 넘어 가시겠습니까?"

"뭣이? 네 따위가 감히 토레논공작님을……."

"본인의 군주를 욕보이는 것은 안 되면서 남의 군주를 욕보이는 것이 된다는 건 대체 무슨 논리입니까?"

"이런 변방의 가주와 토레논공작님이 같다고 보는 건가?"

"한 나라의 공작이든, 변방의 가주이든, 저에게는 똑같은 군주일 뿐입니다. 그레인님께서는 토레논님이 공작님이기에 군주로 삼으신 겁니까? 그럼 토레논공작님께서 왕국 최고의 권력가가 아니라 그저 그런 가문의 영주였다면 군주로 섬기지 않으셨을 겁니까? 말씀해 보시죠."

토레논을 언급하는 것은 건드려 서는 안 될 성지를 건드리는 것과 다름 없는 일이었다.

분위기는 당장이라도 칼부림이 날 것처럼 날카로워졌다.

하지만 그레인은 경험 많은 기사였고 검을 뽑기 전에는 최대한 이성적으로 행동하는 편이었다.

그래야 검을 뽑았을 때 한 치의 망설임이 없이 행동할 수 있었기 때문이다.

"누구도 해가 서쪽에서 뜬다면 어떻게 될지에 대해서는 얘기 하지 않지. 해가 동쪽에서 뜨는 건 그만큼 명백한 것이기에 만약에 대해 얘기할 가치가 없기 때문이야. 토레논 공작님께서는 이 나라의 공작이며, 최고의 인물이야. 자네 물음에 대답할 필요는 없다고 보는 군."

그것으로 상황은 언뜻 정리 되는 듯 보였다.

하지만 그레인을 비롯해 불새기사단 중 누구도 이 일을 그냥 넘어갈 마음이 없었다.

"자, 이제 내가 묻도록 하지. 감히 이 나라의 공작전하를 능멸한 대가는 어떻게 치룰 것인가?"

"제가 공작님을 능멸했다고요? 저자야 말로 룬님을 명백하게 조롱했습니다. 그것에 대해서는 문제 삼지 않으면서 잊지도 않은 일을 만들어 책임을 물으려 하다니, 어불성설이군요."

"그것에 대해서는 사과를 했네. 그리고 만약이라지만

공작전하의 작위에 대해 이야기를 한 것 자체가 불경이며 나는 이에 대해 책임을 물어야겠네."

"그렇다면 저도 사과를 하죠. 그 일은 미안하게 됐습니다. 이제 됐습니까?"

이 정도에서 끝내려면 이렇게 말꼬리를 물고 늘어지지도 않았을 것이다.

"자네는 한 나라의 대 공작전하를 능멸했어. 이렇게 간단히 끝낼 수 있는 문제가 아니야."

"억지가 심하시군요."

"뭐가 억지란 것인가?"

"애초에 시작은 저 자가 한 것이고 문제를 삼으려면 이쪽에서 삼아야 하지 않겠습니까."

"정녕 무엇을 잘못했는지 모르는군. 좋네. 그럼 정정당당하게 대결을 벌여 잘잘못을 가리도록 하지. 불새기사단에서는 내가 나가도록 하겠네."

스르릉-

검이 검집에서 나오며 날카로운 소리를 냈다.

평소 그레인과 비교하자면 성급한 대처였다. 하지만 토레논공작에 관한 일이니 만큼 평정심을 유지하기가 어려웠다.

"토르기사단에서는 자네가 나오겠지?"

"……"

상황이 순식간에 진행되자 레이센드를 비롯한 토르기사단은 적잖이 당황했다.

사과 몇 마디로 쉬이 물러날 것 같지 않음은 짐작했지만 이리 쉽게 칼을 뽑아 들지는 몰랐다.

하지만 당황은 오래가지 않았고 섣불리 검을 뽑아 드는 그레인의 태도에 분노가 치밀어 올랐다.

레이센드는 당연하다는 듯 한 발을 내딛었다.

하지만 플리에오르가 레이센드를 제지했다. 그 역시 가슴속에 뜨거운 무언가가 올라오는 것은 마찬가지였다. 하지만 객관적인 전력은 그레인에 비할바가 아니었다.

이대로 대결이 시작된다면 피를 보는 쪽이 어디가 될지는 불 보듯 뻔한 일이었다.

한 순간 치기로 앞길이 창창한 젊은 기사를 잃을 수는 없었다.

"이 녀석이 실수를 한 모양입니다. 너그러운 마음으로 검을 거둬주시는 게 어떨는지요."

"그럴 수는 없습니다. 저는 이번 일에 대해 반드시 책임을 물어야겠습니다. 저 자가 나오지 않겠다면 플리에오르님께서 나오시겠습니까?"

플리에오르는 몬테니오와 그레인을 번갈아 가면서 쳐다보았다.

자신이 나선다고 해도 그레인을 이길 수 있는 건 아니었다. 또한 그레인의 태도로 보아 자신이 나간다 하여 사정을 바줄 것 같지도 않았다.

그럼에도 플리에오르는 그레인의 뜻에 수긍했다. 그것이 기사단장으로써 단원에게 해줘야 할 최소한의 역할이라고 생각했다.

"대결은 제가 하도록 하겠습니다."

목소리는 저 멀리서 들려왔다.

대체 누구지? 하는 마음으로 모두들 그곳을 바라보았다.

목소리의 주인공의 발소리가 점점 가까워지며 얼굴이 나타나기 시작했다.

그는 다름 아닌 룬이었다.

토르기사단뿐만 아니라 그레인 또한 조금은 놀랐다.

"흠."

룬이 직접 나선다고 하니 그레인도 조금은 주춤하는 모습이었다.

하지만 검은 이미 뽑힌 상태였고 그 상대가 룬으로 바뀌었다고 하여 달라질 것은 없었다.

그래도 이젠 한 가문을 이끌어나갈 수장이 될 사람이기에 최소한의 예의는 필요했다.

"이 대결은 토레논공작님을 능멸한 것에 대해 책임을 묻기 위해 벌이는 것입니다. 도중에 적당히 끝낼 수 있는 사사로운 대련과는 차원이 다른 것입니다. 그것을 알고 계십니까?"

그 말에 룬이 호탕하게 웃어댔다.

"뭔가 착각을 하고 계시군요. 저는 문책을 받기 위해 대결에 나서는 것이 아닙니다."

……?

모두의 얼굴에 의아함이 떠올랐다.

"불새기사단이야 말로 토르기사단을 욕보였으며 나아가 그의 군주를 능멸했으니 이는 응당 피로써 대가를 치러야 하는 일입니다."

스르릉

룬이 검집에서 검을 뽑았다. 그리고 그레인을 향해 겨누었다.

"이제 그 대가를 받아야겠습니다."

"크하하하."

그레인은 룬의 검을 잠시간 바라보더니 이내 룬과 마찬가지로 호탕하게 웃었다.

"좋습니다. 룬님의 뜻이 정 그러하시다면 대결을 받아들이도록 하겠습니다. 이 대결로 인해 서로의 잘못을 더 이상 따지지 않는 것으로 하며, 대결 중 벌어진 일에 대해서는 그 어떤 책임도 묻지 않을 것입니다. 동의하십니까?"

"물론."

"그럼 대결을 시작하도록 하죠. 군주의 예의를 생각해 선초를 양보하겠습니다."

그럴싸한 말로 포장했지만 사실 룬의 실력을 무시한데서 나온 태도였다.

룬에 관해 세간에 떠도는 내용을 그도 알고 있었다. 그래플아카데미 최고의 교관인 리오도르의 제자이며, 얼마 전에는 아틀란드와도 호각을 겨루었다는 소문.

하지만 그레인은 그 소문을 모두 믿지 않았다. 늘 그렇듯 소문을 부풀려 지기 마련. 몇 합을 나눈 것이 그런 뜬소문으로 부풀려 진 것이리라.

"그럼 사양하지 않겠습니다."

룬은 천천히 그레인에게 다가가 하품이 나올 정도로 느릿한 동작으로 그를 공격했다.

당연히 공격은 허무하게 막혔고 룬은 두어발 뒤로 물러났다.

그리고 그레인을 향해 검을 까딱거렸다.

룬의 행동이 무엇을 뜻하는지 이해한 그레인은 곧 분노했고 맹수와 같은 기세로 룬에게 쇄도했다.

챙챙챙-

연무장은 두 사람의 칼부림소리로 가득 찼다.

일방적으로 공격하는 쪽은 그레인이었다.

룬은 첫 공격 이후 맹수 앞에 먹잇감처럼 그레인을 향해

단한차례의 공격도 하지 못하고 있었다.

"말려야 되는 거 아닙니까? 그래도 공식적으로는 저희의 군주가 되실 분인데 이렇게 손 놓고 있을 수만은 없는 거 아닙니까?"

토르기사단의 맥구르가 애가 타는 듯 말했다.

"맥구르님의 말이 맞습니다. 당장 말려야 합니다."

레이센드가 동조했다.

"너는 룬님과 직접 검을 섞었었지?"

뜬금없는 물음에 몬테니오가 고개를 끄덕였다.

"그렇습니다만."

"그때 무엇을 느꼈나?"

"……?"

"잘 보게. 맹공을 펼치고 있는 쪽은 그레인님이지만 단한차례의 유효타도 없었네."

플리에오르의 말을 듣자 그제야 둘의 모습이 보이기 시작했다.

누가 일방적으로 공격을 받고 있는지 의문이들 정도로 둘의 모습은 대조적이었다.

룬의 표정은 한치의 일그러짐도 없었으며 땀 한방울 조차 나지 않고 있었다. 깔끔하게 차려입은 옷은 한치의 흐트러짐도 없었다.

반면 맹공을 펼치고 있는 그레인의 얼굴은 잔뜩 찌푸려

져 있었으며 이마에 땀이 송골송골 맺혀 있었다.

"설마?"

"그래. 룬님은 나에게 했던 것과 똑같은 방법으로 저자를 상대하고 있는 거야."

그레인은 기분이 좋지 못했다. 처음에는 자신의 맹공에 룬이 숨도 제대로 쉬지 못한다고 생각했다. 그래서 적당히 혼쭐을 내준 다음에 대결을 끝낼 생각이었다.

하지만 시간이 지날수록 무언가 잘못되고 있음을 느꼈다. 자신과 다르게 룬이 호흡한번 흐트러지지 않는 이유 때문은 아니었다.

'이건 대체 뭐지…….'

룬의 움직임이 낯이 익다. 어디서 상대해 보았더라? 아무리 생각해도 떠오르지 않는다. 생각은 많았지만 본인 자신에게 투영시켜 보지는 않았기 때문이리라.

"하합."

방어에만 치중하던 룬이 돌연 그레인을 향해 검을 찔렀다. 갑작스런 공격이지만 그레인은 경험 많은 검사답게 당황하지 않고 피했다.

하지만 룬의 공격은 그것으로 끝이 아니었다. 이제까지 참고 있던 울분을 토해내듯 맹공이 펼쳤다.

대결은 다른 양상으로 치달았다.

룬의 검을 받자 먹구름같이 어두웠던 무언가가 한순간

거두어졌다.

'이것은…….'

이제는 알 수 있었다. 룬의 검술이 어찌하여 눈에 익었는지. 그것은 토레논가문의 검술이자, 그를 하사받은 자신의 검술이었다.

경악, 분노. 미묘한 감정들이 휘몰아쳤다.

하지만 그레인은 그러한 감정들에 휘말리지 않았다.

오히려 차분하게 가슴을 진정시켰다.

대체 어떻게 룬이 토레논가문의 검술을 사용할 수 있는지 대결이 끝난 후에 생각해도 늦이 않았다.

조롱하듯 검을 휘두르고 있는 룬을 응징하는 것이 먼저였다.

순간 그레인의 기세가 돌변했다. 뛰어난 검사의 기운이 그의 전신을 감쌌다.

대결은 이제부터 시작이었다.

챙챙챙—

얼마나 시간이 지났을까. 연무장에는 여전히 칼부림 소리로 가득했다.

하지만 그레인은 시간의 흐름을 잊었다.

무아지경.

검을 휘두름에 조금의 잡념도 없다.

그저 즐거웠다.

얼마만이던가. 어린아이처럼 순수한 마음으로 검을 휘두른 적이.

이제는 무엇 때문에 룬과 검을 섞고 있는지 이유마저 잊었다.

하지만 아무리 즐거워도 언제까지 이렇게 합을 나누고 있을 수만은 없었다.

수를 먼저 꺼내든 건 룬이었다.

왼발을 내딛으며 변칙적으로 왼쪽을 공격. 동시에 몸을 회전시켜 다시 오른쪽으로 공격. 그리고 검을 급히 회수하며 복부를 공격.

그레인은 룬의 공격을 다 보지 않았음에도 다음 공격루트가 머리에 그려졌다.

왜 아니겠는가. 토레논은 물론 자신이 평소 즐겨하던 것이 아니던가.

그레인은 한걸음 뒤로 물러났다.

이 검술의 핵심은 마치 한 동작처럼 이루어진 연계였다.

그렇기에 한발 뒤로 물러나는 것만으로도 충분히 무력화 시킬 수 있었다.

그러나 그레인이 뒤로 물러나는 순간 룬이 기다렸다는 듯 그에게 쇄도하며 검을 위에서 아래로 내리그었다.

그레인은 뒤로 물러나고 있던 터라 룬의 검을 막다간 볼

썽사납게 뒤로 넘어지고 말 것이었다.

우우웅-

그레인은 저도 모르게 오러를 발현시켰다.

챙.

룬의 검이 오러에 막혀 허무하게 두 동강 나버렸다.

두동강 난 룬의 검이 포물선을 그리며 연무장의 한 곳으로 날아갔다.

그리고 누군가의 앞에 떨어졌다.

"이게 뭣 하는 짓인가?"

격분하는 토레논.

그는 두동강 난 검날을 맨손으로 집어 든 다음에 그레인과 룬의 앞으로 성큼성큼 다가갔다. 그리고 두동강난 검날을 그들의 중앙쯤에 집어 던졌다.

검 날이 연무장 바닥에 박혔다.

"무슨 일인지 설명해보게."

그레인은 조금 멍한 얼굴을 하고 있었다.

그러다 상황을 깨닫고는 '아' 하는 소리와 함께 토레논에게 상황을 설명했다.

"고작 그런 일로 남의 가문 한가운데서 이런 무례를 범했단 말인가……."

하며 토레논은 룬에게 고개를 돌렸다.

"미안하게 됐네."

짧은 한 마디였지만 그 파장은 꽤 컸다.

사실 그는 둘의 대결을 처음부터 지켜보고 있었다. 하여 상황이 어떻게 돌아가고 있는지 다 알고 있었다.

물론 직접 보지 않았다 하더라도 룬을 책망하지는 않았을 것이다.

"아닙니다. 저야 말로 너무 성급하게 검을 뽑았습니다."

"다친 곳은 없나?"

"예. 마침 공작님께서 제지를 해 주신 덕분이 이렇게 무사합니다."

"다행이군. 그럼 우리의 무례를 용서해 준 것으로 알겠네."

"무례라니요. 당치 않습니다."

룬이 손사례를 쳤다.

"오늘 새롭게 창단한 리벤지기사단의 창설식이 있어 다른 곳으로 이동할 참이었습니다. 그럼 먼저 가보겠습니다."

룬은 기사단원들을 통솔해 연무장 밖으로 나갔다.

그레인은 여전히 멍한 얼굴로 룬의 뒷모습을 바라보고 있었다.

"왜 그러나?"

토레논이 묻자 그제야 그레인이 정신을 차린 듯 고개를 세차게 저었다.

"아무것도 아닙니다. 그런데……."

……?

"혹여 베르난도백작가의 검술과 공작님의 검술간에 무슨 연관이라도 있습니까?"

"그건 왜 묻나?"

"아무것도 아닙니다."

그레인이 얼버무렸다.

하지만 상황을 처음부터 보고 있던 토레논은 그레인이 왜 그런지 알고 있었기에 속으로 미소를 지었다.

'오늘의 대련이 네 앞을 막고 있던 벽을 넘게 하는 데 큰 도움이 될 게야.'

❖

연무장밖을 나서자 레이센드가 조금 격양된 목소리로 룬에게 말했다.

"대단하십니다. 그 강하다는 불새기사단, 그것도 기사단장과 호각을 겨루다니요."

룬은 대답하지 않았다.

하지만 레이센드는 굳이 대답을 들을 필요가 없는 모양이었다.

그는 감격스런 무언가를 본 마냥 격양 되어 있었다.

"그나저나 보기와 다르게 정말 치사한 자로군요. 뜬금없이 오러를 발현하다니요. 그것만 아니라면 룬님께서 승리하셨을 겁니다."

"그레인님께서도 말했듯 이것은 정식기사대결이었습니다. 오러를 사용한다고 해서 문제 삼을 수는 없습니다."

"그래도……."

"그 이야기는 이제 그만하도록 하죠."

룬이 단호하게 말하자 레이센드가 입을 다물었다. 하지만 기분이 좋은지 연신 웃음꽃을 피우고 있었다.

사실 내색은 안하고 있지만 플리에오르 역시 기분이 여간 좋은게 아니었다.

하지만 플리에오르가 기쁜 이유는 꼭 레이센드와 같은 것 때문만은 아니었다. 룬을 대하는 토레논의 태도로 봤을 때 왕궁과의 일이 생각보다 잘 풀린 것이라 생각했던 것이다.

플리에오르는 넌지시 룬에게 그에 관해 질문을 던졌다.

"어제 토레논공작님과는 무슨 이야기를 나누셨습니까?"

룬은 새삼 의외라는 얼굴로 플리에오르를 바라보았다.

"함부로 말할 수 없는 내용입니다. 하지만 단장님께서 원하시는 방향으로 진행 되었습니다."

짤막한 대답이지만 플리에오르는 기대가 확신으로 바뀐 것으로 만족했다.

룬 일행은 백작가를 나와 주신을 섬기는 신전으로 향했다. 신전의 규모는 그리 크지 않았지만 이들을 수용할 정도는 되었다.

일행이 신전에 도착하자 신관이 모든 준비를 맞추고 그들을 기다리고 있었다.

기사임명식은 정해진 형식이 없었다. 가문마다, 행해지는 장소에 따라 가지각색이었다.

리벤지 기사단의 임명식은 굉장히 간소했다. 룬이 앞에서 몇 마디 연설을 하고 기사단원들이 자신들의 피를 흘린 물을 마시는 것으로 끝이었다.

그리고 그들은 가문의 인장과, 룬의 사인이 되어 있는 기사임명장을 받았다.

그것으로 백작가의 새로운 리벤지기사단이 탄생 되었다.

한편 그들의 임명식을 보고 있는 토르기사단원들의 얼굴은 썩 좋지 못했다.

어제까지만 해도 말단 병사인 그들이 자신들과 동등한 위치인 기사가 된다 하니 자존심이 크게 상한 것이다.

룬은 리벤지기사단을 먼저 밖으로 내 보냈다. 그리고 플리에오르를 향해 말했다.

"플리에오르님께서는 불새기사단의 태도에 기분이 어떠셨습니까?"

조금 뜬금 없는 질문이었으나 플리에오르는 솔직하게 대답했다.

"당연히 좋지 못했습니다."

"누군가 자신을 무시한다면 기분이 좋지 못한 건 당연한 겁니다. 그렇다고 기사단장님께서는 그들의 시선처럼 자신의 존재가 보잘 것 없다고 생각하셨습니까?"

"물론 그건 아닙니다. 그런데 갑자기 왜 그런 이야기를 하시는 겁니까?"

"리벤지기사단을 바라보는 토르기사단의 태도가 그들과 다르지 않았기 때문입니다."

"하지만 그때와는 경우가 다릅니다. 저들은 기본적인 교육조차 받지 못한 자들입니다. 기사로써 자격이 없는 자들입니다. 그런데 어찌 그런 비교를 하십니까."

"기사의 가장 큰 덕목은 주군에 대한 충정입니다. 저들은 나갈 수 있는 기회를 줬음에도 스스로 남은 자들입니다. 그런데 토르기사단은 어땠습니까? 그런 점을 본다면 저자들이 토르기사단보다 오히려 기사답다고 할 수 있습니다."

"……."

이에 대해서 플리에오르는 입이 열개라도 할 말이 없었다.

"하지만 이는 다 지난 일. 더더욱 기사단을 거느릴 자라면 응당 그만한 자격이 있어야 된다고 생각합니다. 여러분들의 눈에 비치기엔 제가 못미더워 보였다는 점 충분히 이해합니다. 그러니 꼭 토르기사단을 탓할 것도 없지요. 이제 과거는 잊고 새롭게 출발하는 겁니다. 이 시점부터 과거에 어떤 모습이었든 상관없이 지금의 모습만 기억하는 겁니다."

플리에오르는 대답이 없었다.

룬의 말에 수긍한 것인지 아닌지 알 길이 없었지만 룬은 더 이상 이에 대해 왈가불가 하지 않았다.

기사들의 자긍심을 아는 룬이기에 너무 몰아붙이는 것은 오히려 역효과만 날 것이라는 생각 때문이었다.

NEO FUSION FANTASY STORY & ADVANTURE

제 3 장

시작 되는 혁명

제 3 장
시작 되는 혁명

연무장 중앙에 토르기사단과 리벤지기사단이 모여 있었다. 룬은 뚜벅뚜벅 걸어가 그 중심부에 섰다.

"오늘은 예정대로 본격적인 수련에 들어가겠습니다."

룬은 리벤지기사단 앞으로 다가갔다.

"리벤지기사단은 기초훈련만 할 겁니다. 최소한의 수련을 할 수 있는 기초체력이 완성되면 그때할 겁니다."

룬은 오튼에게 다가갔다.

"그때까지 이 친구가 임시단장을 맡을 겁니다."

그나마 리벤지기사단에서 기초체력이 되는 사람이 오튼이었다.

오튼은 자리에서 일어나 단원들에게 인사를 했다.

"오늘은 수 있는 만큼 연무장을 돌도록 하겠습니다."

"할 수 있는 만큼이요?"

헤픈이 물었다. 조금 멍하게 생기긴 했지만 눈빛은 그런데로 쓸만한 모습이었다.

"예. 할 수 있는 만큼 뛰셔야 합니다. 얼마를 뛰었는지는 다 기록이 될 겁니다. 그렇다고 무리하게 뛰실 필요는 없습니다. 각자의 기초 체력을 알아보고 그에 맞추어 훈련 프로그램을 짜기 위함이니 무작정 많이 보다는 본인의 체력에 맞게끔 뛰는 게 중요합니다. 자, 그럼 지금부터 시작하세요."

리벤지기사단이 연무장을 뛰기시작했다. 쿵쾅쿵쾅-. 발걸음이 무거운 그들이기에 시끄러운 소리가 났다.

플리에오르를 비롯한 토르기사단원들의 표정이 읽으러졌다. 소리가 크게 나는 것은 기본이 되어 있지 않기 때문이다.

진정한 기사라면 무거운 플레이트메일을 입고도 뛰는데 소리가 나지 않았다.

룬은 토르기사단쪽으로 갔다.

"토르기사단은 저를 따라 오십시오."

룬은 연무장에서 가장 후미진 곳으로 그들을 데리고 갔다. 수련을 한다면서 왜 이렇게 후미진 곳으로 가는 거지? 그들의 얼굴에 의문이 서렸다.

"다들 저를 따라 앉아주세요."

룬은 가부좌를 틀고 앉았다.

룬의 모습을 본 기사들은 어영부영할 뿐 선뜻 따라하지 않았다.

대체 수련을 한다면서 저런 괴상한 자세는 왜 하는 건지 도저히 이해할 수가 없었다.

"이런 사소한 명도 따르지 않으실 겁니까? 아니면 저를 아직 주군으로 인정하지 못하고 있는 겁니까."

룬의 말에 어영부영하던 레이센드가 제일 먼저 가부좌라는 이상한 자세를 따라했다. 곧이어 플리에오르가 따라했고 곧 모두가 따라 앉았다.

발을 양쪽으로 꼬아야 하는 생소한 자세에 그들은 사타구니에 극심한 통증을 호소해야만 했다. 어떤 자들은 제대로 안지조차 못했다.

그런 자들은 가부좌 대신 책상다리를 하게 하였다.

단원들이 모두 앉아 룬은 다시 일어났다. 그리고 레이센드에게 다가갔다.

하지만 성큼성큼 다가간 것과는 반대로 룬은 한참을 망설였다.

'과연 이게 옳은 길인건가.'

룬은 이들에게 사부의 마나연공의 일부를 활용해 마나를 다스릴 수 있게 해줄 생각이었다. 그리고 단시간에 어느곳보다 강력하며 결속력이 있는 기사단을 만들려 했다.

'하지만 왕궁의 공격은 없다. 내가 이들에게 마나연공을 가르쳐 주는 게 과연 옳은 것일까.'

왕국, 아니 대륙에는 없는 마나연공법이었다. 그 파급력을 생각한다면 함부로 사용할 수 없는 것이었다.

'지금을 대비하는 게 아니야. 언제가 됐건 다시는 소중한 사람을 잃지 않기 위해서는 꼭 필요한 일이야. 그러기 위해서는 흔들려서는 안 돼.'

룬은 마음을 다잡았다. 복잡하게 생각하지 않기로 했다. 어차피 이들에게는 전부를 가르치는 것은 아니었다. 물고기는 주되 낚는 법을 가르쳐 주지 않는다면 문제가 될 것은 없었다.

"대체 무엇을 하시려 그러는 겁니까? 이건 룬님을 주군으로 인정하고 말고의 문제가 아닙니다. 어느 정도는 납득이 가야 저희들도 따르지 않겠습니까?"

그 말에 일리가 있는 지라 룬은 차근차근하게 설명을 해 주려 했다.

마나의 길을 열어 주어 마나유저로 만들어 주겠다! 과연 이 말을 이들이 순순히 받아들일까?

룬은 설명보다는 먼저 보여주는 것이 낫다고 생각했다.

"이제 보여드리겠습니다. 답답하시겠지만 조금만 참아 주십시오."

룬은 레이센드의 등에 손을 얹었다.

"절대로 말을 해서는 안 됩니다."

룬이 그의 등 뒤에 손을 얹었다.

"알겠습니다."

"말을 해서는 안 된다고 했습니다."

레이센드는 예의에서 어긋나지만 고개를 끄덕이는 것으로 대답을 대신 했다.

이윽고 뜨거운 무언가가 등을 타고 흘러들어왔다. 처음에는 고통스러웠으나 이내 굉장히 편안한 느낌이 되었다. 그것은 곧 온몸 전체를 휘젓더니 흔적도 없이 사라졌다.

"이제 됐습니다. 일어나셔도 됩니다."

레이센드는 어리둥절하며 일어났다.

무슨 엄청난 거라도 할 것처럼 하더니 고작 등에 손을 얹고 몇분을 보낸 것이 전부이지 않은가.

하지만 레이센드는 이제까지 경험하지 못한 변화를 느낄 수 있었다.

"뭐,, 뭐지."

"왜 그러나?"

레이센드가 이상한 표정을 짓자 플리에오르가 걱정된 얼굴로 다가왔다.

"몸에 힘이 넘쳐 납니다. 단순히 육체적인 수련을 통해 나온 힘이 아니에요. 이전에 마법사가 걸어준 패시브 마법에 걸렸을 때처럼 제가 가진 힘을 뛰어넘는 무언가가 느껴져요."

플리에오르가 의아한 얼굴로 룬을 보았다.

"레이센드는 지금 마나연공을 한 것과 동일한 상태입니다."

"마나연공이라고요?"

폴리에오르가 놀라 반문했다.

"그렇습니다."

"하지만 아직 마나조차 느끼지 못한 레이센드가 어찌 마나연공을 한단 말입니까?"

플리에오르의 눈에는 의구심이 가득했다.

"정확하게 그와 같은 상태라는 거지 마나연공을 했다는 것은 아닙니다."

"마나연공을 한 건 아니지만 그와 같은 효과라……그게 대체 무슨 말입니까."

"백번 듣는 거 보다 한 번 보는 편이 낫겠군요."

룬은 마침 근처에 있는 두꺼운 쇠판을 레이센드 옆으로 가지고 왔다.

"평소 레이센드님의 실력이라면 이 정도 쇠판은 절대 자를 수 없을 겁니다."

룬은 레이센드를 가리키며 한번 잘라보라고 손짓을 했다.

레이센드는 자신의 실력을 알고 있기에 이렇게 두꺼운 철판은 자를 수 없다는 것을 잘 알고 있었다.

하지만 이상하게 힘이 솟아났고, 그에 따라 알 수 없는 자신감이 차올랐다.

레이센드는 고개를 끄덕인 뒤 쇠판을 향해 검을 들었다.

그리고 기합성을 내지르며 쇠판을 향해 검을 내리 그었다.

서걱-.

철판은 레이센드의 검 경로에 따라 종이장처럼 찢어졌다.

이를 지켜보던 좌중들의 얼굴이 경악으로 물들었다.

가장 놀란 것은 이를 행한 레이센드 본인이었다.

"허."

플리에오르는 믿을 수 없다는 듯 헛바람을 삼켰다.

보통의 검사가 마나를 사용하게 되는 경우는 극한의 수련을 통해 육신이 한계를 넘어서게 되는 경우였다.

검사에게 마나연공이란 마법사처럼 특별한 것이 아니었다. 한번 마나를 몸에 받아들인 후에는 휴식을 가지거나 깊은 호흡을 통하여 소모되었던 마나를 보충하는 과정이었다.

굉장히 간단해 보일 수도 있지만 이 경지에 들기란 생각보다 쉽지 않았다.

"믿을 수 없군요. 등 뒤에 손을 몇 분 얹은 것만으로 이런 효과가 나오다니……."

믿기 힘든 일이지만 직접 눈으로 봤으니 안 믿을 도리가 없다.

플리에오르는 은근슬쩍 철판으로 다가가 철판의 상태를 살펴보았다. 철판은 바꾼 지 얼마 안 된 것인지 녹 하나 쓸지 않은 상태였다.

플리에오르는 이내 고개를 끄덕였다.

허나 이 과정에는 크나큰 단점이 존재했다.

"분명 대단하기는 하지만 실효성이 있을지는 의문이군요. 일일이 룬님께서 이런 과정을 반복할 수도 없는 일 아니겠습니까?"

그 말에 다들 동의한 다는 듯 고개를 끄덕였다. 특히 긴급한 상황이 된다면 더더욱 불가능할 것이었다.

"물론 그렇습니다. 플리에오르님께서는 마나를 다스릴 수 있는 마나유저지요?"

"그렇습니다."

"그렇다면 어떻게 마나를 다스릴 수 있게 됐는지 여쭈어 봐도 될까요?"

"그야, 다들 그렇듯 수련을 하다 보니 어느 날 마나를 받아들이게 되었습니다."

조금 뜬금없는 질문에도 플리에오르는 있는 그대로 대

답했다.

"그렇습니다. 보통의 검사는 플리에오르님처럼 수련을 통해 마나를 얻게 됩니다. 그렇다면 다시 묻겠습니다. 플리에오르님께서는 그 원리를 알고 계십니까?"

"그야……."

플리에오르는 말문이 막혔다.

뼈를 깎는 수련을 통해 인간의 한계를 넘어서게 되면 이를 지탱해 주기 위해 마나를 사용할 수 있게 된다.

이것이 마나유저가 되는 정설이었다. 하지만 어떠한 원리로 그러한 일이 생기는 지는 누구도 알지 못했다.

누구나 숨은 쉬지만 그 원리를 아는 사람은 없는 것과 같은 이치였다.

"저는 우연찮게 그 원리를 조금 알게 되었습니다."

"마나유저의 원리를 알게 되었다고요?"

"그렇습니다. 여태껏 순수한 오러는 그 사람의 자질과 노력을 대변해 왔습니다. 극한으로 수련을 할수록 다스릴 수 있는 마나 또한 많아 진다는 인식 때문이지요. 반은 맞고 반은 틀린 말입니다. 대게 노력을 통해 마나를 다룰 수 있게 되지만 아무리 노력해도 그러지 못할 수도 있고, 반대로 별다른 노력 없이도 마나를 다스릴 수도 있습니다. 이는 몸 안에 마나가 다닐 수 있는 마나의 길이 존재하느냐의 차이입니다."

"마나의 길?"

여태껏 들어 보지 못한 생소한 표현이었기에 플리에오르는 고개를 갸웃거리며 중얼거리듯 반문했다.

"그렇습니다. 우리는 의식하지 못하지만 일상생활을 통해 지속적으로 마나를 뱉고 흡수합니다. 호흡처럼 말이지요. 하지만 이를 느끼고 또 사용할 수 없는 건 방금 말씀드린 마나의 길이 존재하지 않기 때문입니다. 저는 우연찮게 이 마나의길을 개척하는 방법을 알게 되었고 제가 레이센드에게 하려는 것은 바로 이 길을 개척해 마나를 다스릴 수 있게 해주는 것입니다."

"마나의 길이 개척만 된다면 자연스럽게 마나를 다스릴 수 있는 겁니까?"

"물론입니다."

룬이 자신 있게 말했다.

하지만 플리에오르는 여전히 불안한 것이 있었다.

"흠. 어려운 얘기군요. 하지만 저는 여전히 의심스럽습니다. 그런 방법이 있었다면 여태껏 세상에 알려지지 않았을 리 없습니다, 또 여타 부작용이 생기지는 않을까 염려되는군요. 룬님께서는 그 방법을 누구에게 전수해 주신 적이 있으십니까?"

"없습니다."

그 말에 플리에오르의 얼굴에 불신이 서렸다.

"허나 전수받은 사람은 있습니다."

"그게 누굽니까?"

"바로 접니다."

룬은 웃어주고는 자신을 믿으라는 듯 그의 어깨를 두어 번 두들겼다.

"저와 단장님의 이야기를 모두 들으셨을 겁니다. 들으신 그대로입니다. 저는 여러분에게 마나유저가 되는 길을 열어 드릴 것입니다."

"저, 그런데……."

누군가 손을 들며 조심스럽게 입을 떼었다.

저맨이라는 기사로 솜씨는 그럭저럭 괜찮은 편이지만 소심한 성격 탓에 기사와는 어울리지 않는 인물이었다.

"말씀하십시오."

"사람마다 체질이 다르기 때문에 룬님께서는 아무런 부작용이 없었지만 저희는 또 다를 수도 있지 않습니까?"

소심한 성격만큼이나 조용하고 목소리였다. 하지만 말이 제법 조리가 있고 버벅되는 면이 없어 무능력한 인상이 들지는 않았다.

"제맨님의 말씀대로 사람마다 체질이 다르고, 마나의 길 또한 다릅니다. 하지만 이 또한 고려할 것이니 걱정하지 않으셔도 됩니다."

"그래도……."

“정 걱정이시라면 열외 하셔도 됩니다. 제맨님뿐만 아니라 조금이라도 마음에 걸리시는 분도 마찬가지입니다. 말이 나온 김에 열외를 하실분은 왼쪽으로 서 주십시오.”

다들 눈치만 볼 뿐 움직이지 않았다. 그러다 제맨이 은근슬쩍 왼쪽으로 가자 몇몇 기사들이 왼쪽으로 움직였다.

“제맨, 포르타, 디세움, 칼리사님 말도 더 없으십니까?”

“…….”

기사단은 침묵했고 움직이는 사람도 없었다.

“좋습니다. 그럼 이분들을 제외하고 일을 진행하도록 하겠습니다. 네 분께서도 마음이 바뀌면 언제든 제게 말씀하십시오.”

룬은 모든 준비가 끝난 듯 단원들에게 걸어갔다.

“저는 여러분들에게 마나의 길을 개척해드릴겁니다. 하지만 그 전에 꼭 명심해야 할 것이 있습니다. 이 사실은 절대 누구에게도 발설 하면 안 됩니다. 가족은 물론, 백작가 안에 있는 누구도 안 됩니다. 심지어 베르난도백작님이 물어도 모른다고 해야합니다.”

“백작님에게 까지요?”

플리에오르가 놀라 되물었다.

베르난도백작은 이곳의 주인이자 그의 주군이었다.

“물론입니다. 여기 있는 우리를 제외하고는 그 누구도 알아서는 안 됩니다.”

룬이 그렇게 엄포를 하니 새삼 대단한 상황에 직면했다는 것이 실감이 났다.

"여러분들은 보통의 검사들이 흔히 알고 있는 보통의 방법으로 마나유저가 된 겁니다. 누가 묻거든 플리에오르님이 했던 말을 그대로 반복하지면 됩니다."

룬은 레이센드의 앞으로 다가갔다.

"당신은 어떻게 마나유저가 되었지요?"

"그게……."

레이센드는 당황하였으나 이내 룬의 의도를 알고서는 플리에오르가 했던 말과 비슷한 말을 했다.

"잘 하셨습니다."

룬은 그 옆에 있는 트레이에게 가 똑같은 질문을 던졌다. 덩치가 산만한 그는 조금 못마땅 한 얼굴을 하였으나 룬의 물음에 제법 상세하게 대답하였다.

"좋습니다."

룬은 트레이에 그치지 않고 기사들 한 명 한 명에게 확인을 받았다.

확인 작업이 다 끝나고서야 룬은 다시 간접마나연공을 하기 시작했다.

아직 룬의 말에 반신반의하였지만 레이센드가 철판을 자르는 모습을 봤기에 다들 군말 하지 않고 룬에게 간접마나연공을 받았다.

사람의 생김새가 다르듯 마나의 길 또한 사람마다 달랐다. 각자의 체질에 맞게 마나의 길을 개척해야 했기에 작업은 꽤 오랫동안 지속 되었다.

❖

모두에게 마나의 길을 개척하는 과정이 끝날 무렵 연무장에서 대거의 인기척 소리가 들려왔다. 토레논공작을 비롯한 불새기사단 일행이었다.

"왕궁에 다녀온다 하시지 않으셨습니까?"

"가기 전에 잠깐 들렸네. 마음대로 사용해도 된다는 말에 염치 불구하고 이렇게 왔네."

"염치라니요. 가당치 않습니다. 2연무장이 공사 중이 아니라면 좀 더 편안하게 모셨을 텐데 아쉬울 따름입니다."

둘의 대화는 편안했던 어제와 달리 제법 사무적인 말투로 이루어졌다.

룬의 안색은 조금 어두웠고 이마에는 땀방울이 맺혀 있었다.

"안색이 좋지 않군. 무슨 일이 있나?"

"아닙니다. 저희는 마침 하던 수련을 끝내려던 차였습니다. 이만 가볼테니 맘껏 사용하십시오. 단장님께서는 리벤지기사단을 포함해 모두 모이라고 하세요."

"예."

플리에오르가 단원들을 모으기 시작했다. 토르기사단원들은 제법 일사불란하게 움직였으나 리벤지기사단은 아직도 병사때 습관이 남아 있던지 움직임이 빠릿빠릿하지 못했다.

어슬렁거리는 사람들. 아예 들어 누워 일어나지 못하는 사람들. 여전히 연무장을 헥헥데며 뛰고 있는 사람들. 가지각색의 모습들로 플리에오르의 말은 허공으로 사라져 버렸다.

플리에오르는 난감했다. 소리를 치자나 이목이 집중되어 이 꼴사나운 모습을 불새기사단에 보여야 하고, 그렇다고 조용히 처리하자니 한나절은 걸릴 것 같았다.

그가 힐끗 거리며 불새기사단쪽을 보니 이미 킥킥 거리며 리벤지기사단을 보고 있었다.

"리벤지기사단은 이쪽으로 모여라."

플리에오르의 음성이 제법 크게 연무장을 울렸다. 그의 얼굴은 시뻘게져 있었다. 불새기사단에게 이런 모습을 보이는 게 너무나 수치스러웠다.

다행히 플리에오르의 외침이 효과가 있었던지 리벤지기사들이 나름대로 오와 열을 맞춰 토르기사단옆으로 집합했다.

"흠흠. 다 집합시켰습니다."

플리에오르가 기어가는 목소리로 룬에게 말했다.

“수고하셨습니다. 그럼 저희는 이만 가보겠습니다.”

“잠깐 기다리게.”

“……?”

“양가 기사단이 이렇게 모이기란 쉽지 않은 일인데 이대로 헤어지기 서운하지 않은가?”

“하시면?”

“대련이라도 한판 벌이는 게 어떤가?”

보통 대련을 요청하는 경우는 두 가지였다. 서로의 실력을 교감하자는 순수한 의도와, 상대방을 깍아내리려는 악의적인 의도. 토레논의 경우 전자 쪽이었지만 모두 그렇게 받아들인 것은 아니었다.

“대련이라…… 단장님 생각은 어떠십니까?”

“글쎄요. 워낙 갑작스런 제안이라…….”

플리에오르는 불새기사단을 힐끔거렸다. 그들의 얼굴은 꼭 오만한 왕같아 보였다. 그 얼굴에 한방 먹이고 싶은 마음은 굴뚝같았지만 현실적으로 승패는 뻔한 것이었다.

“내 입으로 이런 말 하기 부끄럽지만 불새기사단은 왕국 최고의 기사단이네. 몇 합을 겨루는 것만으로도 많은 도움이 될 거야.”

토레논이 달래는 투로 말했으나 플리에오르는 선뜻 그 말을 받아들이지 않았다.

"하지만 저희는 막 수련을 끝낸지라 체력이 남아 있지 않은 상태입니다."

수련이라 해봤자 룬이 마나의 길을 닦아 주는 동안 잠깐 검을 휘두르는 정도가 고작이었다. 체력고갈은커녕 적당히 몸이 달아 올라 움직이기 딱 좋은 상태였다.

하지만 불새기사단과의 대련은 결과가 뻔 한 것이었다. 적당한 핑계를 대 발을 빼면 그만이지 응해주어 망신을 당할 필요는 없는 일이었다.

룬은 잠시간 물끄러미 플리에오르를 바라보았다.

"그건 단원들의 의견입니까 아니면 단장님의 개인적인 의견입니까? 불새기사단과의 대련은 토레논공작님의 말처럼 토르기사단에게 엄청난 도움이 될 겁니다. 그런데 그런 천금같은 기회를 단원들에게는 묻어보지도 않고 독단적으로 처리하는 건 단장으로써 도리가 아닌 거 같군요."

플리에오르는 그 말을 듣는 순간 가슴 깊숙한 곳을 송곳으로 찌르는 느낌을 받았다.

그 또한 불새기사단과의 대련이 기토르기사단원들에게 엄청난 도움이 될 것이라는 걸 잘 알고 있었다.

실제로 왕국의 많은 기사단들이 불새기사단과 대련을 해보기 위해 먼저 찾아가는 경우가 허다했다.

그런 기회를 단원들에게 물어보지도 않고 자존심 때문에 포기한다는 것은 너무나 어리석은 짓이었다.

"제 생각이 짧았습니다. 대련에 참가하기를 원하는 자가 있는 지 말을 해보겠습니다."

룬이 고개를 끄덕였다. 플리에오르가 토르기사단원들이 있는 곳으로 움직였다.

"사람 다루는 법을 제법 아는 군."

토레논이 조그맣게 말했다.

"누구만 하겠습니까."

둘은 서로를 바라보며 잠시간 웃었다.

둘이 담소를 나누고 있는 사이 대련을 할 자들이 모아졌다.

패배가 정해진 대련. 더군다나 상대는 거만한 태도로 자신들을 깔보고 있는 자들이었다.

하지만 대련을 하기 위해 앞으로 나온 자들은 오히려 아닌 자들보다 많았다.

룬의 말은 플리에오르에게 한 것이지만 모두가 들을 만큼 꽤 큰 것이었다. 내색은 하지 않았지만 가슴속에 뜨거운 무언가를 느끼고 있었다.

"저희 쪽에서는 참가할 사람이 정해졌습니다."

룬이 토레논에게 말했다.

"우리 쪽도 준비가 되었네. 우린 이들이 알아서 할 수 있도록 한 발 물러나도록 하는 게 어떻겠나?"

"알겠습니다. 단장님께서는 그레인님과 협의하여 대련

을 진행하도록 해주세요."

"저희끼리요?"

"예. 공작님과 한발 물러나 지켜보기만 하겠습니다."

룬과 토레논은 연무장이 한눈에 내려다보이는 계단위로 올라갔다.

토레논은 계단으로 가기전 그레인에게 무어라 귓속말을 했는 데 워낙 작은 소리라 룬에게까지 들리지는 않았다.

"그렇지 않아도 실전경험이 부족했었는데 큰 교훈이 될 겁니다."

둘은 계단에 올라 적당히 자리를 잡고 앉았다.

"기회를 준 건 나지만 받아들인 건 저자이니 너무 고마워할 필요는 없어."

"일부러 이것 때문에 오신 겁니까?"

"뭐, 기사단등록을 한다 하니 도움을 줄까해서 겸사겸사……."

토레논이 미묘하게 말끝을 흐릴 때는 그 속에 다른 꿍꿍이가 있는 경우가 많았다.

하지만 룬은 더 묻지 않았다. 어찌됐건 그의 말대로 이번 대련이 토르기사단에게 도움이 되는 것만은 분명했다.

둘이 이야기를 나누고 있는 사이 대련은 시작 되었다.

예상대로 대련은 불새기사단의 일방적인 공세로 진행되었다.

단 몇 초만에 나가떨어지는 자도 있었고 압도적인 실력차에 기권을 하는 자도 있었다.

하지만 그 중에는 나름대로 선방하며 합을 나누는 자도 있었다.

물론 승리는 불새기사단에게 돌아가는 것까지는 막지 못했다.

"어떤 거 같습니까?"

룬이 넌지시 물었다.

"솔직히 말해 생각했던 것보다 더 심각한 수준이군."

"정식기사단등록이 가능할가요?"

"글쎄. 정식기사단등록이란 것이 형식적인 것에 지나지 않으니……."

확답은 아니었다.

"내 한 가지만 묻지. 대체 무슨 배짱으로 왕궁을 그렇게 발칵 뒤집어 놓은 거야? 근위대를 휩쓸고 나갔으면서 후환이 없었을거란 희망적인 생각을 한건 아닐 테고 말이야. 설마 저들로 왕궁의 병력을 막을 생각은 아니었겠지?"

"왜 아니겠습니까?"

"장난 말고 진지하게 대답해봐."

"뭐 믿는 구석이 있긴 있었죠."

룬이 믿는 건 바르테오의 존재였다. 그에게는 형언할 수 없을 만큼 강한 네 명의 제자가 있었고 명왕과 그를 따르는 수많은 용병들이 있었다. 룬이 알고 있는 것만 이 정도고 얼마나 많은 힘이 숨겨져 있을지는 모를 일이었다.

아무튼 분명한 건 그들이라면 왕궁이 공격을 해오다 치더라도 무리 없이 막을 수 있다는 것이었다.

문제는 그가 룬의 기대대로 순순히 도와주느냐 하는 것이었다.

답은 확실했다. 불의정령왕 때문이라도 그는 룬의 처지를 그냥 두고 볼 수는 없는 입장이었다. 메지아를 완성시킬 불의정령왕의 힘은 현재 그에게 가장 필요한 것이었으니까.

룬은 그가 자신의 영지주변을 감시하고 있는 것을 알았다. 그래서 정말 위급한 상황이 되면 그들은 어쩔 수 없이 나서야 한다는 것도 알았다. 실제로 바르테오는 룬에게 먼저 손을 내밀었다.

물론 룬은 그것을 거절했다. 이 역설적인 행동을 한 이유는 그가 내민 손을 잡는 것과, 최후의 순간 어쩔 수 없이 그가 나서는 것의 차이 때문이다.

손을 잡는 순간 룬은 그와 이해관계를 맺어야 한다. 하지만 룬은 그 손을 뿌리쳤고 바르테오가 설령 룬을 도와도 이는 선행으로 끝이 나는 것이다.

"믿는 구석? 그게 뭔데?"

"형님이요."

“……”

“보세요. 이렇게 와서 해결해 주셨잖아요.”

토레논은 피식 웃었다. 그 말을 액면그대로 믿는 건 아니지만 숨기고 싶어 하는 기색이 역력하여 더는 묻지 않았다.

“저 그런데…….”

“뭔데 그렇게 뜸을 들여?”

“연회장에서 말이에요. 만약 범인을 찾는 다면 어떻게 할거에요?”

“그 처자 때문이로군? 혹시나 싶어 말하지만 내가 봐줄 수 있는 건 딱 너까지가 전부야. 그 마저 내 입장에서는 큰 결심을 한 거야.”

“……”

“실망했나?”

“아니요. 저는 변했는 데 형님은 그대로시군요.”

“비꼬는 건가?”

“그럴 리가요. 변화도 좋지만 우직함이야 말로 사람을 가장 단단하게 만들어주는 것인데요. 그래도 만약 왕국에 도움이 된다고 하면요? 그래도 무조건 죄를 물으실까요?”

“바르텐시 한 가운데 그것도 한 나라의 왕자가 시해를 당할 뻔 한 사건이야. 꼭 내가 아니라도 그건 용서 될 수 없는 일이야.”

룬은 바르테오의 존재에 대해 차라리 말을 하지 않는 편이 낫다고 생각했다.

토레논의 입장에서 그 말을 듣고도 가만히 있을 수는 없을 것이다. 그렇게 되면 그들과 척을 지게 된다. 당장 트린베니아와의 무역도 종결될 것이고 왕국을 유지하던 원동력 하나가 없어지는 셈이다.

그렇다고 그들을 힘으로 누를 수도 없는 상황이었다.

모르는 게 약이다.

지금과 같은 상황에 알맞은 말이라 룬은 생각했다.

둘이 대화를 나누고 있는 사이 대련은 막바지에 접어들고 있었다.

불새기사단의 하이드와 토르기사단의 제맨이 맞붙고 있었다.

대련은 거의 일방적이었다. 제맨은 기사단 중에서도 실력이 변변치 못한 쪽에 속했다. 반면 하이드는 불새기사단 중에서도 상위권에 속하는 실력자였다.

두기사단의 수준차이를 생각한다면 언제 끝나도 이상하지 않을 대련이었다.

하지만 대련은 꽤 오랫동안 이어지고 있었다.

"불새기사단에서 차기 소드마스터가 나온다면 저자가 되겠군요."

대련을 지켜보던 룬이 말했다. 목소리는 이전보다 한층

가벼워져 있었다.

토레논은 여전히 대련을 주시한 채 고개를 끄덕였다.

"저자는 검사보다는 차라리 마법사를 했다면 더 적성에 맞았을거같군."

제맨을 보며 하는 말이었다.

"확실히 검을 다루는 재주가 없긴 한 거 같습니다."

"더 나은 길을 갈 수 있도록 인도해 주는 것도 군주로써의 도리야. 나라면 당장 기사작위를 해제시키고 마법 수련을 하게 했을 거야"

"그거야 본인이 판단할 문제죠. 그리고 여기에는 마법을 수련할 만한 여건이 아니에요."

"아카데미에 입학시키는 것도 하나의 방법이겠지. 원한다면 루시아카데미까지는 아니더라도 다른 곳을 알아봐 줄 수는 있어."

왕국 최고의 아카데미는 그래플이었다. 하지만 마법에서만큼은 그래플도 루시아카데미에 한 수 접고 들어갔다.

"무리하게 그러실 필요 없어요. 돈, 인맥, 권력. 이런 거 싫어하시잖아요."

"저 정도 인재라면 여느 아카데미에서 탐을 낼만해. 본인의 마나를 신체에 접목시킬 정도라면 마나에 타고난 재능이 있는 셈이니까."

"일단 얘기는 해보죠."

둘이 얘기를 하고 있는 데 어느새 그레인이 계단 위로 올라왔다.

"대련이 거의 다 끝나갑니다."

"마무리까지 자네가 알아서 해주게."

"예."

그레인의 시선이 룬과 토레논을 지나 대련을 하고 있는 하이드와 제맨에게 닿았다.

"유독 둘을 대련에 붙이게 하신 이유라도 있습니까?"

모든 걸 그레인에게 맞기고 계단에 올라오기 직전 토레논이 귓전에 대고 작게 말을 했다.

–다른 건 몰라도 하이드는 꼭 저자와 붙게 하게.

대련이 진행되는 내내 왜 토레논이 그런 지시를 내렸는지 생각했는데 결국 알아내지 못했다.

"이런 눈치 없는 친구 같으니……모처럼 생색을 낼 수 있는 좋은 기회였는데……."

명확한 물음의 대답은 애매모호함이었다.

토레논은 그 애매모호함을 풀어주지 않은 채 그대로 내려가 버렸다.

"역시 만만치 안으시다니까."

토레논이 사라지는 것을 보며 룬이 중얼거리듯 말했다.

마치 토레논을 잘 알기라도 하는 듯 한 말투.

이상한 점은 그러한 모습에 전혀 어색함이 없다는 것이

다.

그레인은 그냥 자리를 떠날까 말까 고민을 하다 이내 룬의 옆으로 다가왔다.

"제맨이라는 저 친구는 어떤 사람입니까?"

그레인이 염치불구하고 물어본 것은 혹시 둘이 대련을 해야 하는 이유가 그에게 있는 건 아닐까 하는 마음에서였다.

그레인의 음성은 일전보다 한층 공손해져 있었다. 대련에서 급작스럽게 오러를 발현한 것에 대한 미안함과, 룬을 어느 정도 인정한 마음이 담긴 것이다.

"보시다시피 별 볼일 없는 친구입니다."

"그래요?"

"하지만 한 가지 면에서는 아주 뛰어난 면모를 가지고 있지요."

그레인은 안력을 높혀 제맨을 보았다. 하이드의 공격을 가까스러 막고 있는 모습은 애처로워 보일 지경이었다. 그런 그에게 특별함이란 보이지 않았다.

보통의 기사들보다 체구가 작고 실력이 보잘 것 없다는 것이 특별함이라면 특별함이었다.

"저는 공작님이 왜 저 둘을 대련에 붙이게 했는지 금세 눈치 챘는 데 그레인님은 어떠십니까?"

묘하게 자존심을 건드리는 말이었다. 하지만 그레인은

짐짓 대수롭지 않은 듯 대답했다.

"글쎄요. 그러지 마시고 속 시원히 얘기해 주십시오."

"상부상조입니다."

"상부상조요?"

"예. 한 눈에 봐도 형편없어 보이는 제맨이 저자의 공세를 버티고 있는 이유가 무엇이라 생각하십니까?"

"그야……."

그레인의 말투는 조심스러워졌다.

"하이드가 손에 사정을 두고 있기 때문이겠지요."

"맞습니다. 하지만 전적으로 그런 이유 때문만은 아닙니다."

……?

"바로 마나때문이지요."

"저자가 마나라도 사용하고 있다 이말입니까?"

그레인은 말이 되지 않는 다는 투로 대답했다. 룬은 고개를 끄덕였다.

"이제 막 기초적인 단계에 입문한 그야말로 초짜 검사입니다. 그런 자가 어찌 마나를 다스릴 수 있단 말입니까."

"그레인님은 왜 뛰어난 검사만이 마나유저가 될 수 있다고 생각하는 거죠?"

"그야……."

그레인은 말문이 막혔다. 너무나 당연시 여겨지고 있는

것이라 오히려 설명하기가 힘들었다. 해가 왜 동쪽에서 뜨냐고 물으면 무어라 대답을 할까.

하지만 그레인의 생각은 엄밀히 말해 틀린 것이었다. 해는 동쪽에서 뜨지만 뛰어난 검사만이 마나유저가 될 수 있는 것은 아니었다.

"마나는 타고나는 겁니다. 뛰어난 검사가 마나를 다룰 수 있는 건 사실 타고난 재능과, 노력이 겸비돼서 만들어지는 겁니다."

그냥 흘려버릴 수도 있는 말이었다. 하지만 그럴 수 없었다. 이런 류의 이야기를 이전에 토레논에게서도 들은 적이 있었기 때문이다.

"그럼 제맨이라는 저자가 그런 재능을 타고 났다 이 말입니까?"

"예. 그레인님 말대로 검술에 관해선 생 초짜가 마나를 이용해 신체를 강화 시키니 타고 났다 할 만하지요."

그레인은 그 말을 전적으로 인정하지는 않지만 대화의 진행을 위해 걸고 넘어지지는 않았다.

"뭐, 설령 그렇다고 하더라도 하이드와 대련시킬 이유는 없습니다."

"그건 하이드님이 제맨과 크게 다르지 않기 때문입니다."

"……?"

"예. 하이드님 역시 마나에 천부적인 재능을 타고났다는 겁니다. 다만 차이가 있다면 제맨은 마나의 힘을 빌리지 않고서는 버틸 수 없기에 본인의 능력을 빨리 깨우쳤다면, 하이드님은 아니라는 것이지요. 하지만 이번 대련을 통해 하이드님은 느끼고 있는 겁니다. 알 듯 말 듯 가려웠던 부분을 말이지요."

룬은 그레인을 한 번 바라보고는 다시 말을 이었다.

"이게 저 둘이 대련을 해야 하는 이유입니다."

"하이드는 마나유저입니다. 이미 마나를 다룰 수 있는데 무엇을 더 배운단 말입니까?"

"마나유저가 할 수 있는 건 마나를 다스려 검술에 접목시키는 것에 지나지 않습니다. 저는 마나를 하나의 수단으로 사용하는 것이 아닌 좀 더 근본적인 것을 말하고 있는 겁니다."

"근본적인 것이라……."

그레인의 주먹이 저도 모르게 꽈악 움켜쥐어졌다. 어렸을적 재능에는 누구에게도 뒤지지 않았던 그였지만 어느 순간 마스터라는 벽 앞에 좌절을 맛봐야 했다.

마스터와 일반적인 검사의 재능을 다르다. 너는 검사로써는 타고난 자질을 가졌지만 마스터로써의 재능은 가지고 있지 못하다.

마치 사형선고처럼 그 말을 들었다.

하지만 그레인은 포기 하지 않았다. 하루를 매일같이 검을 잡았다. 노력은 배신하지 않는다. 그렇게 믿으며 살아왔다. 하지만 마스터라는 벽은 그 믿음을 단번에 배신했다.

"대체 그 근본이란 게 뭡니까. 뭐기에 수십년을 하루같이 노력한 사람에게는 찾아 오지 않는 것이 누구에게는 쉽게 찾아온 단 말입니까."

"순수한 마나 그 자체를 다스릴 수 있는 능력. 십수년을 노력했는데도 왜 가질 수 없냐고요? 간단합니다. 재능입니다. 오른손이 없는 사람에게 왜 오른손을 사용안하느냐 타박하는 사람은 없습니다. 그건 노력과 무관합니다. 노력한다고 해결 되는 게 아니니까요. 마찬가지입니다. 타고난 재능이 없으면 노력해도 절대 얻을 수 없는 겁니다."

그레인은 주먹을 얼마나 강하게 쥐었는지 피가 고이고 있었다.

"그러니까. 재능이 없는 사람은 그만 노력하고 재능이 있는 사람을 부러워만 한 채 손을 놓고만 있으란 이 말입니까."

"저는 하이드님과 제맨님이 대련을 해야 하는 이유에 대해 이야기를 한 것뿐입니다. 마침 대련이 끝나가는군요. 저는 이만 먼저 일어나겠습니다."

룬이 자리에서 일어났다. 그러거나 말거나 그레인은 본

채도 하지 않았다. 룬이 일어섰는지 조차 모르는 것이 사실이었다.

그레인은 룬이 계단에서 완전히 내려갈 때까지 생각에 잠겨 한발자국도 움직이지 않았다. 마치 석상처럼, 아니면 구애를 하고 있는 사내처럼 조금의 움직임도 없었다.

NEO FUSION FANTASY STORY & ADVANTURE

제 4 장

진실은 무엇인가

제 4 장

진실은 무엇인가

룬은 바르테오에게 정령왕의 힘을 빌려주기로 했지만 그가 어디에 있는지 알지 못했다.

굳이 알려고 하지도 않았다.

그렇다고 그를 아예 만나지 않을 생각은 아니었다.

룬은 북쪽으로 움직였다.

루텐영지를 벗어서나 애틀란에 당도했다.

제국과 왕국의 경계인 애틀란에 왔지만 룬은 걸음을 멈추지 않았다.

룬은 곧 끝도 없는 황무지에 당도했고 이대로 더 가면 데스로드가 나왔다.

룬은 여전히 움직이고 있었지만 데스로드에 갈 생각은

아니었다.

광활한 황무지에 들어선지 얼마 되지 않아 곧 누군가가 모습을 드러내었다.

"어디를 그렇게 가시나?"

룬이 보고자 하던 사람이었다. 룬은 현재 바르테오에게 가장 필요한 사람 중 한사람이었다. 그런 룬이 제국으로 통하는 데스로드로 향하고 있으니 그의 입장에서는 적신호나 다름없었다.

"오랜만입니다, 바르테오님."

"사람을 불러내는 방법치고는 너무 섬뜩하군. 감시를 하고 있다는 걸 알고 있었나?"

"모를리가 없죠."

"제법이군. 그래서 실망했나?"

"실망이라니요. 나쁜 뜻으로 그런 게 아니라는 걸 알고 있습니다."

"알아주니 고맙군. 그건 그렇고 이렇게 무식한 방법을 동원하면서까지 날 부른 이유가 무엇인가?"

은근한 기대가 실린 어조였다.

"저는 일주일 후에 제국으로 건너 갈 겁니다. 미리 접선일과 장소를 정하고 헤어져야 할 것 같아 부른 겁니다."

"제국에?"

바르테오가 여러 의미가 담긴 눈빛을 룬에게 보낸다.

"무슨 이유인지 물어봐도 되겠나?"

"복수를 위해서…… 라고 해두죠."

"복수라……"

할 수만 있다면 다리를 부러트려서라도 말리고 싶었다.

매정하지만 룬의 안위를 걱정하는 순수한 이유 때문만은 아니었다.

물론 그런 이유가 아예 없는 건 아니지만 가장 근본적인 이유는 정령왕의 존재였다.

룬이 있어야 정령왕의 힘을 빌릴 수 있고 그래야 메지아의 힘을 완성시킬 수 있었다.

"말리실 거라면 사양하겠습니다. 소중한 사람이 그에게 있는 이상 무슨 일이 있어도 저는 갈 겁니다."

바르테오는 말릴 엄두가 나지 않았다. 메지아를 완성하는 것이 중요하다고 해서 다른 사람의 인생까지 좌지우지할 수는 없었다.

무엇보다 룬의 눈빛이 너무 확고 하였다.

"자네 뜻이 그렇다면 어쩔 수 없지. 그럼 운신이 가능한 날 몰로니아항구로 오게. 몰로니아항구에서 북쪽으로 오다보면 롤로노라는 펍이있네. 그곳에서 오샤스를 찾으면 되네."

"오샤스요?"

"그래. 그렇게 말하면 알아들을 거야."

"알겠습니다."

룬은 황무지를 바라보았다. 거친 모래바람이 룬과 발르테오를 휘저었다.

"뭐 하나 여쭈어 봐도 될까요?"

"해보게."

"어째서 그렇게 제국을 증오하시는 겁니까?"

"……."

바르테오는 정곡을 찔린 사람처럼 움찔했다.

"세상을 바꾸시겠다, 그런 거창한 이념을 무시하는 건 아닙니다만 그 이념 안에 제국에 대한 분노 또한 있다고 저는 느꼈습니다."

바르테오가 룬을 본다.

"후후, 확실히 순진한 사람이 아니었어. 아니, 이제보니 능구렁이가 따로 없군."

바르테오의 눈이 반짝인다.

"자네가 내 사람이 되어 준다면 이야기 해주지."

"이미 충분할 만큼 강한 제자들이 있을 텐데요."

"단순히 강함의 문제 때문만이 아니란 걸 알텐데?"

"……."

이번에는 룬이 움찔했다. 그는 지금 룬의 힘의 근원인 마나연공을 말하고 있는 것이었다. 대체 어떻게…… 룬은 그 말을 입 밖으로 꺼내지 못하고 속으로 생각했다.

바르테오는 씨익 웃었다.

"서로 대답하기 곤란한 질문인 거 같으니 이쯤 접는 게 어떻겠나?"

그 말에 룬도 그냥 따라 웃어 버렸다.

"가서 첸이라는 애송이를 만나면 이 말을 좀 전해주게. 그놈이 그리워 하고 있다라고 말이야."

그 말을 남기고 바르테오는 사라졌다.

"첸?"

낯선 이름은 아니었다. 요새 한창 떠오르는 인물이었다. 사절단과 반역자들을 척결할 때 가장 큰 공을 세운 인물 중 하나였다.

룬은 유독 그 이름을 또렷이 기억했다. 그는 명왕의 제자였다.

그레인의 머릿속에는 룬이 한 말로 가득 차 다른 것을 생각할 여유가 없었다.

정녕 룬의 말대로 마스터란 순수한 재능에 의해서 결정되는 것인가.

그렇다면 자신은 아무리 노력해도 절대 마스터가 될 수 없는 것일까.

그럼…… 수십 년 검을 잡아 온 이시간은 의미가 없는 것이었단 말인가.

인정할 수 없다.

그레인은 룬을 찾아갔다.

"예? 저와 대련을 하자고요?"

뜬금없는 요구에 룬은 어리둥절한 표정을 지었다.

"일전에 제게 한 말. 단순히 주워들은 풍월로 할 수 있는 수준이 아니었습니다. 이미 지나온 사람만이 알 수 있는 것들이었습니다. 하지만 전 인정할 수 없습니다. 재능? 그딴 게 뭡니까. 세상에 노력으로 되지 않는 건 없습니다."

"그래서 대련에서 저를 이기면 그 말이 부정되기라도 한단 말입니까? 미안하지만 대련의 승패와는 상관없이 그것은 명백한 사실입니다."

"그래도 포기할 수 없습니다."

"후……."

룬은 정말이지 곤란한 얼굴을 하였다. 이런 말 까지는 하기 싫었는데……

"공작님께서는 두 사람의 대련을 통해 말하고 싶었던 겁니다. 이만 포기하시라고요. 차마 본인의 입으로 하지 못해 그걸 저한테 떠넘기신 겁니다."

"세상에 누가 뭐라 하든 제가 보고 느낀것만 믿을 겁니다."

"하. 이제는 군주의 말까지 무사히시겠다…… 뭐 좋습니다. 그렇게까지 해서 본인의 한계를 느끼고 싶으시다면."

룬은 연무장으로 움직였다. 그 뒤를 그레인이 결연한 얼굴로 뒤따랐다.

룬과 그레인은 서로 검을 겨눈 채 섰다. 둘 다 진검이었다.

"대체 이 대련이 무슨 의미가 있는 지 모르겠군요."

"그럼 시작하도록 하지요. 염치불구하고 제가 선공을 하겠습니다."

어느새 그레인의 검에 오러가 서렸다.

'음.'

곤란한 일이었다. 오러를 받아치기 위해서는 오러 이상의 것이어야 했다.

하지만 룬은 오러를 사용하지 못했다. 그와 비슷한 파이어소드를 사용할 수는 있지만 검위에 덧씌우는 오러와 다른 것이었다.

"히厭."

그레인은 룬을 향해 쇄도했다. 룬은 한발 물러나며 피했다. 맨 검으로 오러를 막을 재간은 룬도 없었다. 그렇다고 마법을 쓸 수도 없는 노릇이니 피하는 게 상책이었다.

하지만 그레인은 비록 마스터의 재목은 아닐지라도 타

고난 검사였다.

그는 뱀이 먹이를 노리듯 날카롭게 룬을 공격해 들어갔다. 몇 번의 공격을 피하기만 하던 룬은 퇴로가 막혔다.

하는 수 없이 검을 가져다 댔지만 막강한 오러 앞에 그대로 밀려나 버렸다. 검이 부러지지 않은 게 신기할 정도의 위력이었다.

룬의 중심이 흐트러진 사이 그레인이 룬의 배를 베었다. 룬은 오러실드를 일으켰다.

끼이익.

그레인의 오러는 룬의 오러실드를 완전히 뚫지 못하고 괴상한 비명소리를 내었다.

룬의 배에서 핏방울이 고였다. 큰 상처가 아니었기 때문에 바닥까지 피가 떨어지지는 않았다.

떨어지는 피를 보며 룬은 다시 한 번 생각에 잠겼다. 대체 그레인은 이 대련을 통해 무엇을 얻고자 하는 것일까.

수십년 검사인생이 한 순간 부정당했으니 그것에 대한 분풀이라도 하는 것일까. 아니면 정말 자신을 이기면 마스터에 오를 수 있다고 착각을 하는 것일까.

그레인은 숨을 헐떡이고 있었다. 앞뒤재지않고 맹공을 펼쳤기 때문에 대련이 시작 된지 얼마 되지도 않았는 데 벌써 숨이 차오른 것이다.

룬은 그를 보며 측은 한 마음이 들었다.

그래. 그에게 확실한 차이를 보여주는 것이 그를 위한 것이겠지.

룬은 검 위에 파이어소드를 시전 했다. 검을 들고 파이어소드를 시전한 적은 처음이었다. 잘 될지 긴가민가했다. 다행히 파이어소드는 검 위에 피어났다.

꼭 붉은 오러블레이드같았다.

그레인은 룬의 파이어소드를 보더니 처음으로 눈동자가 흔들거렸다.

하지만 더 맹렬한 기세를 피웠다.

이번에는 룬이 먼저 그에게 달려들었다.

그레인도 지지 않고 쇄도했다.

서로의 검이 중간에서 부딪쳤다.

그리고 그레인의 검은 두동강나 저 멀리 날아갔다. 푹. 부러진 검날이 연무장에 박혔다. 뿌옇던 오러가 사라진 검날은 평범한 검날에 지나지 않았다.

"대련은 끝이난거 같군요."

그레인은 대답대신 맹렬히 타오르는 룬의 파이어소드만 바라보았다.

"무슨 답을 얻고자 한지는 모르겠지만 제 의무는 이로써 다한거 같습니다. 그럼 이만."

룬은 검을 검집에 집어넣었다. 그리고 미련 없이 돌아섰다.

런은 손을 바라보았다. 손바닥 중앙이 검게 멍들어 있었다. 그레인과의 마지막 충돌에서 생긴 상처였다. 일반적인 오러와 파이어소드와의 충돌이었다면 절대 생길 수 없는 상처였다.

런은 토레논의 의도가 자신이 생각했던 것과 다른 것이 아니었나 생각했다.

그는 그레인의 한계가 아니라, 오히려 그것을 뛰어넘는 노력을 말하고 싶었던 아니었을까…….

❖

십수명의 기사들이 어정쩡한 자세로 연무장에 앉아 있는 모습은 나름 장관이라면 장관이었다.

"꼭 우리까지 이렇게 다 앉아 있어야 합니까?"

볼멘 소리를 하는 건 트레이였다. 그는 불새기사단 중에서도 가장 덩치가 컸다. 그래서 가부좌라는 이 이상한 자세에 더 큰 고통을 느껴야 했다.

"언젠가는 익숙해 져야 하는 자세입니다."

"이거야 원 꼭 나약한 마법사들이나 하는 자세 같아서……."

군주를 대하는 자세치고는 제법 걸걸했으나 런은 웃으며 넘겼다.

"자 그럼 시작하도록 하죠."

룬은 제일먼저 레이센드에게 다가가 등에 손을 얹었다.

레이센드는 따뜻한 무언가가 등을 타고 들어오는 것을 느꼈다. 마나였다.

마나는 레이센드의 온 몸을 휘젓고 돌아다녔다. 하지만 구체적으로 어떤 경로로 돌아다니는 건지는 알지 못했다.

레이센드가 아직 마나를 느낄 만큼 충분한 경지에 들어서지 못해서 그런 것은 아니었다. 룬이 사부의 마나연공이 무분별하게 퍼질 위험을 막기 위해 의도적으로 차단시킨 것이다.

간접연공은 십 여분 동안 진행 되었다. 마침내 연공이 끝났고 레이센드는 이전과 다른 무언가를 느꼈다. 자신의 몸은 물론 대기의 공기마저 다르게 느껴졌다.

'설마?'

분명 무언가 바뀌었지만 아직 가보지 않은 길이었기에 확신이 서지는 않았다.

"다시 가부좌를 틀고 앉으세요."

레이센드는 룬의 말에 따랐다.

"눈을 감고 정신을 집중하세요. 대기의 마나가 느껴지십니까?"

"이전과 다른 것들이 느껴지기는 합니다만…… 확실하게 그게 마나인지는 모르겠습니다."

"그걸 호흡을 통해 체내에 쌓는다고 생각해 보세요."

의식을 하며 호흡을 하다 보니 대기의 마나가 서서히 몸으로 유입되었다. 시간이 지날수록 기운이 솟고 정신이 맑아지는 것이 느껴졌다.

하지만 어느 순간 다다르자 유입되던 마나가 오히려 역류하기 시작했다.

레이센드는 호흡을 멈추었다.

다른 이들에게는 보이지 않지만 룬은 레이센드의 주변에 은은하게 나는 빛을 보았다.

"축하드립니다."

그 한마디에 담긴 의미는 컸다.

레이센드는 마치 완전히 다른 세계 중간에 있던 문을 넘은 기분이었다.

"제가 마나유저에 들어선 건가요?"

룬은 고개를 끄덕였다.

"믿어지지가 않습니다. 제가 마나유저라구요?"

"그렇습니다."

"정말, 정말입니까?"

"예."

레이센드는 기쁨을 주체하기가 힘들었다. 이십대 초반에 마나유저에 들어서는 경우는 흔치 않았다. 재능이 있는 자들도 이십대 초반에 기초를 다지고 이십대 후반이나 삼십대가 되어 마나유저에 들어서는 게 보통이었다. 그런 마나유저에 들어선 것이다.

“직접 눈으로 보고서도 믿어지지가 않는군요. 단 며칠만에 마나유저의 경지에 다다르다니.”

어느새 플리에오르가 다가와 말했다. 그 역시 마나를 다를 수 있는 경지에 올라있었기에 레이센드의 변화를 알아차릴 수 있었다.

그는 지금 기분이 묘했다. 며칠만에 마나유저가 된 것에 대한 놀라움, 레이센드의 성장에 대한 기쁨, 또 한편으로는 쉽게 마나유저에 들어선 것에 대한 부러움, 걱정.

그 중에서도 가장 두드러진 것은 놀람이었다.

이미 마나유저를 경험한 플리에오르이기에 그것이 얼마나 힘든 것인지 알고 있었다.

밤낮을 가리지 않고 수련에 수련.

검 하나 들을 수 없을 정도로 지친 나날의 반복.

도저히 인간의 한계로써는 버틸 수 없는 순간. 그때서야 찾아온 것이 바로 마나유저였다.

그런데 단지 며칠 동안 등에 손을 얹은 것만으로도 마나유저의 경지에 다다랐다.

레이센드는 경험해보지 못했기에 철부지 어린애처럼 좋아하고 있지만 현재 상황이 주는 무게는 그렇게 간단한 것이 아니었다.

기존의 상식이 완전히 파괴되는 순간이었다.

플리에오르는 머리가 혼란스러웠다. 어느 날 일어났더니 해가 서쪽에서 뜨고, 비가 땅에서 하늘로 치솟고 있는 것 같았다.

"뭐부터 해야 할까요. 오러를 발현해 볼까요. 그때 보니까 마법사처럼 오러탄같은 것을 쏘는 사람도 있던데, 그걸 해볼까요."

레이센드는 겨울철 강아지마냥 들떠 있었다.

그를 보며 플리에오르는 피식 미소 지었다. 상식이 파괴되든 불고불변의 진리가 순식간에 뒤바뀌든 한 가지는 분명했다.

레이센드가 마나유저가 됐다는 것이다. 그리고 그것은 기사단장으로써 당연히 함께 기뻐해줘야 할 일이었다.

"오버하지 마 이놈아."

플리에오르가 레이센드의 뒷 통수를 한 대 갈겼다. 그 나름의 기쁨의 표현방법이라면 방법이었다.

"오러가 무슨 뉘 집 개 이름인줄 알아. 마나유저에 들어선 것만큼, 아니 그 이상 노력해야 간신히 사용할 수 있는 게 오러야. 근데 뭐 오러탄?"

"누가 그걸 모릅니다. 신이 나서 그렇죠. 젠장, 하여튼 눈치가 없다니까, 눈치가."

투덜거림에도 기쁨이 묻어나 있었다.

"저……."

덩치와 어울리지 않게 트레이가 조심스럽게 손을 들었다.

"근데 정말 레이센드가 마나유저가 된 게 맞는겁니까? 보기에 달리진것도 없고 오러를 사용할 수 있는 것도 아니니…… 뭐 그렇다고 의심하거나 그런 건 아닙니다만……."

"보통 사람은 마나유저를 알아볼 눈이 없어. 그만큼 대단한 변화가 생기는 건 아니거든. 본인 역시 정말 마나유저가 된 건지 의심스러울 정도로 미미한 변화지. 첫 경험의 허탈함과도 비슷하다고나 할까."

"웩. 무슨 마나유저를 그런 저급한 것과 비유를 합니까."

그렇게 말을 했지만 레이센드는 내심 플리에오르의 말이 이해가 되었다.

기대하고, 꿈꾸고, 이런저런 온갖 상상을 하지만, 막상 겪고 나면 허탈할 정도로 아무것도 아닌 첫 경험과 비슷한 면이 있었다.

"아무튼, 마나유저에 들어섰다고 해서 당장 엄청난 변화가 있다거나 하는 건 아니야. 오히려 이제부터가 시작이지. 마나유저에 들어섰지만 오러를 사용하지 못하는 자도 많고, 얼마 안가 마나의 느낌을 잃어버리는 사람들도 있어. 그러니 너무 경거망동할 거 없다고."

레이센드는 입술을 삐쭉 내밀었지만 달리 딴지를 걸거나 하지는 않았다.

악의를 가지고 한 말이 아니라는 것을 알고 있기 때문이다.

“그건 플리에오르님의 말이 맞습니다. 마나유저가 되었다고 너무 들뜰 필요는 없습니다. 그리고 마지막으로 확인할 것이 있으니 가부좌를 틀고 앉아주세요.”

“알겠습니다.”

레이센드는 룬의 말대로 마음을 가라앉힌 뒤 가부좌를 틀었다.

룬은 레이센드의 등에 손을 갖다 댔다. 레이센드의 몸에는 이전과 다르게 마나로 가득 차 있었다. 하지만 룬처럼 마나홀은 존재하지 않았다.

룬과 레이센드와 가장 큰 차이점이 바로 이것이었다. 룬은 마나홀에 마나를 저장해 두었다가 어떤 형태로든 사용할 수 있지만, 마나홀이 없는 레이센드는 일반 검사처럼 신체를 강화하거나 오러를 사용하는 용도로 밖에 사용할 수 없었다.

그것만 다를 뿐 레이센드가 마나유저가 된 것임에는 의심할 여지가 없었다.

“됐습니다.”

“무슨 문제라도 있나요?”

레이센드가 조심스럽게 말했다.

"아닙니다. 말했다시피 최종적으로 점검을 해본 것일 뿐입니다. 이제는 정말 어디 가서 마나유저라 해도 손색이 없을 겁니다."

"정말 믿어지지가 않아요. 제가 마나유저가 되다니. 그것도 고작 삼일만에……. 직접 보지 않고서는 누구도 믿지 못할 거예요."

"그러니 아무에게도 말하지 말라는 겁니다."

대답을 하면서 룬은 문득 사부의 옛 이야기가 떠올랐다.

누구는 평생을 수련해야 다다를 수 있는 것이 마나유저의 경지였다.

하지만 룬의 도움으로 레이센드는 고작 삼일만에 마나유저에 들어섰다.

지나치게 밸런스가 맞지 않았다.

이런 의문은 룬 또 한 가진 적이 있었다.

그래서 어느 날은 사부에게 물어 보았다.

그랬더니 사부는 이렇게 답했다.

–이곳의 마나가 지나치게 풍부하기 때문이야. 내가 살던 곳에서는 이렇게 무식한 방법으로 마나를 다스릴 수 있는 사람은 거의 존재하지 않아. 아무튼 방법을 몰라 시간을 허비하는 것 뿐이지, 이정도로 풍부한 마나라면 며칠만에 마나유저에 들어서는 게 당연한거야.

룬은 그때 사부가 좀 멀리서 온 것 정도로만 생각했었다. 북쪽 끝에 있는 이스탄지역, 아니면 남대륙, 그도 아니면 기록에만 남아 있는 서대륙정도?

"자, 그럼 다음은 트레이님입니다."

트레이는 마나유저에 들어선 레이센드를 보고는 얼굴부터 확 달라졌다. 불편한 자세라며 투덜거리던 가부좌를 지상 최대의 숙제인것마냥 해내고 있었다.

룬은 트레이에게 다가갔다.

"잠시만요."

그때 플리에오르가 룬의 앞을 막았다.

"왜 그러십니까?"

"아무래도 정리가 필요한 것 같습니다. 룬님은 이제 저희의 주군이십니다. 물론 이전과는 다르게 아랫사람들에게도 예의를 지키는 건 알고 있지만 조직에는 서열이란 게 존재합니다. 저는 평대하는 데 군주이신 룬님께서 예를 차리신다면 형평성에 맞지 않을 겁니다."

그것에 대해서는 심각하게 생각해 본적이 없었다. 룬은 원래 상대가 누구든 하대를 잘 하지 않았다. 그렇다고 상대가 누구든 존중한다느니 하는 거창한 이유는 아니었다.

그저 상대를 파악하여 하대를 할지 존대를 할지 구분 짓기보다 누구에게나 존대를 하는 것이 편했을 뿐이었다.

"그럼 단장님께서도 존대를 하시면 되겠군요?"

순진하게 말하는 룬. 그를 보며 플리에오르는 멍한 얼굴이 되었다.

"무슨 그런 말도 안 되는……."

"그런 게 뭐 그리 중요합니다. 서로 의사만 전달되면 되는 것이지."

"아무리 그래도……."

"아 글쎄. 저는 바꿀 생각이 없어요. 귀찮단 말입니다."

……귀찮다. 플리에오르는 유독 그 말이 귀에 들어왔다.

-바르틴대제가 세상을 어지럽게 만들어 놨어…….

룬은 사부의 말이 떠올랐다. 바르틴대제가 대륙을 통일하기 이전에는 존댓말이라는 개념이 없었다. 그래서 그때는 나이가 많든 적든, 상관이든 아랫사람이든 다 똑같은 말을 사용했었다. 때문에 지금처럼 서열이 엄격한 곳에서도 말을 하는 데 있어 불편함이 없었다고 했다.

룬은 우물쭈물하고 있는 플리에오르를 지나 트레이에게 갔다.

그때 다시 룬을 불러 세우는 이가 있었다.

"저……."

디세움은 아주 조심스러웠다.

"저도 그러니까, 이제부터라도, 그거 하면 안 됩니까?"

조금 두서없는 말이기는 했으나 내용을 파악하는 것은 어렵지 않았다.

그는 룬에게 간접마나연공을 받지 않겠다던 사람 중 한 명이었다.

하지만 레이센드가 마나유저에 들어선 것을 보고는 마음이 바뀐 모양이었다.

룬은 그의 말에 미소로 화답해 주었다.

"당연히 됩니다. 저쪽으로 가 앉으세요."

디세움은 제일 끝 쪽으로 쪼르르 달려가 가부좌를 틀고 앉았다. 생소한 자세임에도 별다른 불편함이 없는 것으로 보아, 아닌 척 하면서 평소에 연습을 한 모양이었다.

룬은 다시 간접마나연공을 시작했다. 그것은 거의 두 시간여 동안 진행되었다. 하지만 레이센드처럼 마나유저에 들어선 사람은 더 이상 나오지 않았다.

"후, 드디어 끝이 났군요."

룬이 이마에 흐르는 땀방울을 닦으며 말했다.

"안색이 안 좋아 지셨습니다."

플리에오르의 말대로 룬의 안색은 몰라보게 안 좋아 보였다.

간접마나연공을 하기위해서는 일정량의 마나를 체내에 주입해야 하는데 한 두 명도 아니고 십수명에 해당하는 사람에게 쉬지 않고 하다보니 아무리 룬이라도 지칠 수 밖에 없었다.

"휴식을 취하면 괜찮아 질 겁니다. 잠시 거처에 다녀 올 테니 그때동안 단원들도 휴식을 취할 수 있도록 해주세요."

"알겠습니다."

"그럼 부탁드립니다."

룬은 연무장을 빠져 나왔다.

"자, 주군께서 오실 때까지 휴식이다."

플리에오르의 말이 떨어지기가 무섭게 단원들은 레이센드에게 달려갔다.

"우와, 네가 정말 마나유저라고?"

"대단하다. 며칠만에 마나유저라니…… 혹시 속이고 있는거 아니야?"

"오러 한 번 사용해봐. 뭐? 못해. 에이. 오러도 사용 못 하는 데 그게 무슨 마나유저야."

모든 관심은 레이센드에게 쏠렸고, 모든 이야기의 주제는 마나유저였다.

말을 하는 그들의 얼굴은 더 없이 밝았다.

부러움? 질투? 그런 감정이 아예 없는 것은 아니었다.

하지만 레이센드가 그랬듯 본인들도 머지않아 그와 같아 질 수 있다는 희망이 훨씬 강했다.

잠시 후에 룬이 나타났다. 연무장을 빠져나갔을 때와 다르게 안색이 한결 편해져 있었다.

"자 다들 주목. 이번에는 수련시간을 갖도록 하겠습니다. 두 명이 나와 대련을 하고 나머지 분들은 관전을 한 뒤에 토론을 하는 형식으로 하겠습니다. 또 단장님이신 플리에오르님과 제가 총평을 하도록 하겠습니다."

이는 그래플 아카데미에서 리오도르가 검술클래스 학생들을 가르쳤을 때 쓰던 방법이었다.

"대련을 한다고요?"

여태까지 토르기사단의 수련은 단조로웠다. 교본에 나와 있는대로 검무를 추고 나머지 시간에는 담소를 나누는 정도가 전부였다.

대련이라 해봤자 가끔 마음 맞는 사람끼리 몇 합 주고받는 정도였다.

"그렇습니다. 대련 상대는 현재 앉아 계신 순서대로 하겠습니다. 그럼 레이센드님과 트레이님은 앞으로 나와 주십시오."

레이센드와 트레이가 어정쩡하게 앞으로 나왔다. 이 많은 사람들 앞에서 대련이라니…… 처음에는 생소했지만 묘하게 가슴이 두근거렸다.

"대련 방식은 자유입니다. 지는 사람은 플리에오르님께서 따라 개인 교습에 들어 갈 겁니다. 항복을 하거나 먼저 쓰러지는 사람이 지는 것으로 하겠습니다. 그럼 시작하세요."

대련이 시작되자 공기는 순식간에 무거워졌다. 몇 합이 오고가자 뜨거워질 정도였다.

대련을 하는 와중에 레이센드는 생소한 경험을 했다.

트레이의 공격이 돋보기를 쓴 듯 눈에 들어오며 몸은 빠르고 정확하게 움직여 졌다. 그 뿐이랴. 압도적이었던 트레이의 힘이 더 이상 버겁지 않게 느껴졌다.

둘은 총 백합을 겨루었고 결과는 레이센드의 압승이었다.

레이센드의 검에 쓰러진 트레이는 멍한 얼굴로 그의 얼굴을 바라볼 뿐이었다.

자존심이 상하는 것에 앞서 놀람이 가장 컸다.

얼마전까지만 하더라도 레이센드와 트레이의 실력은 종이 한 장 차이였다.

레이센드는 기교와 속도가 트레이보다 빨랐지만 트레이는 덩치만큼이나 압도적인 힘을 가지고 있었다.

그래서 아주 작은 차이기는 하지만 트레이가 레이센드보다는 위였다.

하지만 대련에서의 결과는 너무나도 상반되게 갈려버렸다.

대련에서 이긴 레이센드조차 감을 잡지 못하고 어안이 벙벙한 채 자신의 손을 보고 있었다.

'이것이 마나의 힘인가…….'

마나를 다룰 수 있게 되었을 때 긴가민가할 정도로 사소한 변화만 있었다.

하지만 대련을 하고 나니 사소한 변화가 얼마나 엄청난 결과를 만들 수 있는지 알게 되었다.

레이센드는 손을 내밀었다.

트레이는 멍한 얼굴을 뒤로한 채 레이센드의 손을 잡고 일어났다.

"자, 그럼 방금 대련에 대해서 각자의 의견을 말해보도록 하세요. 무엇이든 좋습니다."

룬이 말했음에도 다들 우물쭈물 하였다.

수련 중에 웬 토론? 그것도 기사들이.

"레이센드가 검을 끝까지 봤다면 좀 더 날카로운 공격이 됐을 거 같습니다."

기사단 중에서 거의 유일하게 몸으로 하는 이외의 것을 좋아하는 제맨이 운을 띄웠다.

"오히려 저는 반대입니다. 상대방의 검을 끝까지 보는 것보다는 감각적으로 행동하는 것이 좋아 보입니다."

"실전이면 몰라도 수련을 할 때는 끝까지 보는 것이 좋습니다."

"공격을 할 때 상체가 너무 뻣뻣하여 반격을 받기 쉬워 보였습니다. 좀 더 낮추는 게 좋을 거 같습니다."

"트레이의 움직임은 너무 교본 그대로입니다."

"보폭을 좀 더 작고 빨리 하는 것이 좋을 거 같습니다."

한 마디도 하지 않을 것 같더니 한번 봇물이 터지자 끝도 없이 의견이 대립됐다.

룬은 누구의 말이 맞다 틀리다 관섭하지 않았다. 모두 맞는 말이기도 하고 또 틀린 말이기도 했다.

토론은 거의 이십여분 동안이나 흘러갔다. 이제는 할 이야기가 없는 지 주고받는 대화의 속도가 처음보다 많이 줄어 있었다.

"자. 토론은 여기까지 하고 그럼 플리에오르님의 총평을 들어보도록 하죠."

"뭐, 이미 내가 할 이야기가 다 오고가서 굳이 더 할 말은 없고, 잠깐 이리와봐."

플리에오르가 레이센드를 불렀다. 레이센드가 그에게 다가갔다.

"자 봐봐. 찌르기를 할 때 교본대로라면 이렇게 하지."

플리에오르가 교본대로 찌르기를 하였다.

"예."

"근데 실전에서 너는 이렇게 공격을 한다고."

플리에오르가 다시 찌르기를 하였다. 교본과 비슷하나 그보다 중심이 뒤로 가 있고 또 높았다.

"가장 많이 나온 지적이기도 해. 그만큼 눈에 띄였다는 거고. 이렇게 중심이 뒤로 가있고 높으면 위력이 떨어지고 반격을 당하기가 쉬워. 너 평소에 찌르기 연습 게을리 했지?"

"그거야 뭐……."

"변명할 생각 하지 마. 내가 다 지켜 봤으니까. 내가 누누이 말했잖아. 평소 하던 연습이 실전에 그대로 나타난다고. 찌르기를 등한시 하니까 이렇게 많은 지적이 나온 거라고."

레이센드는 공개적으로 꾸지람을 들어 자존심이 상하기는 했으나 그런 만큼 확실하게 플리에오르의 말이 와 닿았다.

"그리고 너는 오히려 그 반대야. 너무 연습한데로만 하려다 보니 동작이 굼뜨고 경직되었다고. 가령 레이센드가 옆구리를 베어왔을 때 그 자세라면 차라리 상체를 아예 숙이거나 그냥 피해버리는 게 나음에도, 교본에 나와 있는 데로 막아내 버렸어. 어정쩡한 자세로 막다보니 오히려 상대방에게 역공을 가할 빌미를 제공해준 꼴이 되고 말았지. 자 봐봐."

플리에오르는 레이센드에게 다가갔다.

"방금 한 데로 한 번 해봐."

레이센드가 고개를 끄덕였다.

플리에오르는 레이센드에게 검을 찔렀다. 레이센드가 검을 쳐 낸 뒤 좀 전처럼 베기를 시도했다. 플리에오르는 찌르기를 한 자세에서 바로 상체를 숙이면서 그의 검을 피했다. 동시에 발을 베어갔다.

레이센드는 점프를 하여 검을 피했다. 그러나 플리에오르가 그대로 검을 들어올리자 레이센드의 은밀한 부위에 그대로 적중하고 말았다.

다행히 닿기 전에 힘을 뺐기에 고통은 없었다.

하지만 보는 것만으로도 간담이 서늘해지는 것은 어쩔 수 없었다.

"이 동작 역시 교본에 나와 있는 그대로야. 다만 순서를 교묘하게 바꾼 것일 뿐이지. 네가 왜 그 상황에서 이렇게 못했는지 한 번 생각해봐."

트레이는 플리에오르의 말에 수긍하며 고개를 끄덕였다.

이후로 수련을 계속 되었다. 대련을 하고 토론과 총평이 이어졌다. 총평의 대부분은 플리에오르가 했고 룬은 지켜보기만 했다.

룬은 어렷을적부터 실전으로 훈련을 해왔기 때문에 교본대로 하는 수련에는 익숙지 않았다.

그래서 그래플아카데미에의 수업방식의 틀을 짜기만 했을 뿐 실제 진행에서는 한 발 뒤로 빠졌다.

다행히 플리에오르는 꽤 유능한 단장이었고 수련은 매끄럽게 진행 되었다.

NEO FUSION FANTASY STORY & ADVANTURE

제 5 장

드러나는 진실

제 5 장

드러나는 진실

어느 덧 토레논과 약속한 시간이 다가왔다.

'너무 짧군.'

오늘 왕궁으로 가고 난 뒤 얼마 있다 제국으로 떠나야 했다.

룬은 제국으로 가기 전에 최대한 영지에서 틀을 잡고 싶었지만 그러기에는 턱 없이 부족한 시간이었다.

'그래도 할 수 있는 것까지는 하고 가야지.'

그 중 꼭 해야 하는 것이 바로 작위를 받는 것과 토르기사단이 대외적인 활동을 할 수 있도록 정식기사단등록을 하는 것이었다.

할 수 있다면 리벤지기사단의 기초훈련을 모두 끝내고,

토르기사단 전원을 마나유저로 만들고 싶었지만 상황이 여의치 않았다.

백작가 내부적인 일은 르넨이 있어 안심이 되었다. 베르난도백작의 병이 중해지면서 이미 실질적인 업무를 해왔었기 때문에 룬이 떠난 뒤에도 충분히 잘 해낼 것이었다.

"기사단장님께서 모두 모였다고 전해달라고 하셨습니다."

오르온이 빵과 스프를 들고 어정쩡하게 서 있었다.

"빵을 먹을 시간이 없겠군. 그걸 알면서 대체 그건 왜 가지고 온 거야. 나를 놀리는 거야 지금?"

"그럴리가요. 탓을 하려거든 약속보다 빨리 움직인 플리에오르님에게 하세요. 그리고 플리에오르님이라면 빵 먹을 시간 정도는 이해해 주실 거예요."

"기다리고 있다는 말을 들었는 데 그럴 수는 없지."

룬은 오르온의 손에 들고 있던 빵을 스프에 찍어 입에 넣어둔 상태로 곧장 움직였다.

"참. 이제는 이 백작가를 책임지실 분인데 체통을 지키시라니까."

"그러는 너야 말로 이제 이런 일은 다른 사람에게 넘기는 게 어때?

룬이 발걸음을 멈추고 말했다.

"이게 제 일인걸요."

"날 때부터 일이 정해진 건 아니잖아. 아직 정식으로 임명이 된 건 아니지만 집사님의 일을 도우면서 이런 사사로운 것까지 신경 쓰는 건 무리야."

"한 가문을 이끌 사람의 음식을 챙기는 것이 어찌 사사로운 일이 될 수 있나요."

"아무튼 끼니정도는 나 혼자 챙겨도 돼. 정 그렇게 걱정이 되거든 내가 직접 셀리님께 말씀드릴게."

그 말을 끝으로 룬은 손을 흔들며 쌩하니 사라졌다.

그 뒤를 오르온이 뿌루퉁 하게 바라보고 있었다.

❖

그레인은 정원에 앉아 명상이 잠겨 있었다. 명상을 하느라 매일 하던 수련마저 하지 않았다. 그의 머리는 룬과의 대화 그리고 대련으로 가득 차 있었다.

"흠흠. 여기서 무엇을 하고 있나?"

토레논이 넌지시 다가왔다.

"아, 뭐 좀 생각하고 있었습니다."

그레인은 대답을 하며 자리에서 일어났다. 명상을 하고 있었다는 말을 하기가 어쩐지 쑥쓰러웠다.

"요새는 통 수련을 하지 않는군. 아무리 바쁜 일이 있어도 시간을 쪼개서 하더니만."

"저도 이제 노력을 해보려고요."

"노력?"

노력이라면 누구에게도 지지 않는 것이 그레인이었다. 그런 그에게 노력이 더 필요하다는 건 엘프가 좀 더 이뻐져야 한다는 말만큼이나 우스운 소리였다.

"그 동안 하루도 빠짐없이 검을 들었습니다. 무서웠습니다. 그렇게라도 하지 않으면 마스터의 경지에 오르지 못할 거 같아서요. 그것이 마스터로 가는 길이 아님에도 그렇게라도 하지 않으면 안 될 것 같은 두려움에 하루도 빼놓지 않고 검을 잡았습니다. 정작 필요한 것이 아니라 제가 늘 해오던 것, 제가 잘하는 것을 하면서 그걸 노력이라고 착각해 왔던 겁니다."

"그래서 자네가 해야할 일은 찾았는가?"

그레인은 고개를 저었다.

"찾아가는 중입니다. 하지만 이거 하나만은 확실한거 같습니다."

"그게 뭔가?"

"저는 검이 참 좋습니다."

그 말에 토레논이 얻고 싶은 답을 얻은 것처럼 밝게 웃었다.

"나 역시 긴 시간 검을 잡았어. 힘든 시간이었지. 놓고 싶었던 적이 한두 번이 아니었어. 하지만 결국은 놓지 못했지. 당시에는 수많은 이유를 대며 검을 잡았지만 결국은 그저 검을 잡는 게 재미있었을 뿐이야. 재미야 말로 가장 큰 원동력이자 가장 큰 재능이지."

토레논은 과거를 회상하면서 하늘을 올려다 보았다.

"내게 검을 가르쳐 주던 교관이 말했지. 너는 노력을 하지 않는다고. 그래서 절대 뛰어난 검사가 될 수 없다고. 남들은 하루에 열 시간 이상 검을 휘두르는 데 나는 고작 그들의 절반밖에 수련을 하지 않았지. 하지만 난 그들 중 누구보다 빠르게 성장했고 누구보다 강해졌어. 왜 인지 아나?"

"역시 재능인 겁니까……."

토레논은 고개를 내저었다.

"나는 그들 중 누구보다 노력했어. 단지 검을 휘두르는 시간이 적었을 뿐이야. 수련을 마치고 집에 오면 머릿속에 검이 둥둥 떠다녔어. 그래서 처음에는 수련시간 외에도 검을 휘둘렀지. 하지만 얼마 지나지 않아 느끼게 됐지. 수련시간 이외에 검을 휘두르는 만큼 결국 가장 중요한 수련시간에는 집중이 떨어진다는 걸. 그래서 나는 수련이 끝나고 나면 정말이지 검을 휘두르고 싶었지만 꾹 참았네. 수련시간에 최고의 집중을 유지할 수 있도록 말이야."

그레인은 넌지시 토레논은 보았다.

"억지로 시간을 채운다고 그게 노력인 것은 아니야. 그건 오히려 도피일 뿐이지."

"그 이야기를 왜 이제야 해주시는 겁니까?"

"나는 늘 했어. 자네가 듣지 않았을 뿐. 아무리 열린 사람이라도 결국 본인이 경험해보고 느낀 선에서 생각할 수밖에 없어. 이제야 내 얘기가 들린다는 건 자네가 바뀌었기 때문이겠지."

토레논의 말이 끝나자 둘 사이에 침묵이 찾아왔다. 어색하지 않은 침묵이었다.

❖

"오늘 드디어 왕궁으로 가는 날입니다."

룬의 차분한 목소리가 연무장을 울렸다.

"저, 그런데 정말 우리들로 정식기사단등록을 할 수 있을까요."

토르기사단은 왕실에 등록되지 않은 기사단이었다. 루텐영지가 워낙 변방에 있고 또 다른 곳을 왕래할 일이 없기 때문에 굳이 등록을 할 필요가 없었기 때문이다.

레이센드는 대게 촌놈이 도시의 별것 아닌 것에도 겁을 지레 먹는 것처럼 기사단등록이란 형식적인 절차에 두려움을 느끼고 있었다.

문제는 레이센드뿐만이 아니라 대부분의 자들이 그러하

다는 것이었다.

“기사들에게 가장 중요한 건 군주와의 계약입니다. 왕실에 등록을 하는 건 형식적인 절차에 지나지 않습니다. 너무 거창하게 생각할 것 없습니다. 그리고 무엇보다 전 여러분들의 실력을 믿습니다. 여러분들도 여러분의 실력을 믿으십시오. 반수 이상이 마나를 다룰 수 있는 기사단은 제국에서도 흔치 않습니다.”

그래. 우리들은 이제 마나를 다룰 수 있게 되었지. 기사들의 얼굴에 서서히 자신감이 차오르기 시작했다.

레이센드를 필두로 그 다음날 트레이 디세움이 마나유저가 되더니 이제는 반수 이상이 마나유저가 되었다.

물론 이제 막 마나유저에 입문한 단계라 실력에 큰 차이는 없었다.

하지만 밑천이 두둑하면 배짱이 생기는 것처럼 변방의 촌놈들도 도시에 화려함에 눌리지 않을 자신이 생겼다.

“다른 질문은 없습니까?”

“저……불새기사단과 다시 대련은 안합니까?”

조심스럽게 손을 올리며 말을 한 이는 제맨이었다.

“불새기사단은 왕국 최고의 기사단중 하나입니다. 그들과 대련을 해봤다는 것 자체가 행운입니다. 그런 행운이 누구에게만 지속적으로 생기길 바라는 건 욕심이겠지요.”

결국은 안 된다는 소리였다. 제맨은 조금 풀이 죽은 얼굴을 하였다.

불새기사단과의 대련으로 가장 큰 수혜를 본 건 바로 제맨이었다.

이전까지 깨우치지 못했던 마나의 운용을 그 대련을 통해 익히게 된 것이다.

그건 하이드가 제맨의 마나활용을 대련중에 배운것처럼, 제맨 역시 하이드를 보며 무언가를 배운 것이다. 재능 있는 서로가 만나 시너지를 발생시킨 것이다.

덕분에 제맨은 인지하지도 못한 사이 마나를 다루게 되었고, 룬에게 연공을 받지 않았음에도 마나유저가 될 수 있었다.

해서 룬도 그를 마법아카데미에 추천하는 것을 재고하였다.

"예정대로 토르기사단은 바르텐으로 갈 겁니다. 그리고 리벤지기사단은 이곳에 남아 기초훈련을 계속해 주세요. 제가 없을 경우 오튼님께서 제 역할을 대신해 줄겁니다."

룬은 오튼을 바라보았다.

오튼이 걱정말라는 듯 고개를 끄덕였다.

"자 그럼 오늘은 각자 개별수련을 하도록 하고 토르기사단은 늦지 않게끔 바르텐으로 출발하도록 하세요. 저는 따로 움직이도록 하겠습니다."

"예."

플리에오르가 대답했다.

기사단을 만난 다음에 룬은 베르난도백작을 만나러 갔다.

베르난도는 룬이 이곳에 왔을 때보다 호전된 모습이었다. 어떤 수를 써도 낫지 않던 병이 아무런 치료도 하지 않자 나아가니 참으로 아이러니한 일이었다.

"왕국으로 떠난다고?"

좋아진 모습과 달리 목소리는 여전히 힘이 없었다.

"예."

"그래. 잘 다녀 오거라."

대화는 더 이상 이어지지 않았다.

베르난도백작은 건강한 시절에도 무뚝뚝함의 극치였다. 몸이 아픈 지금. 그런 모습을 보이기 싫어 그는 더더욱 입이 무거워졌다.

많은 대화가 오가지는 않았지만 룬은 베르난도백작과 거의 십여분을 있다 방을 나왔다.

룬은 본인의 거처로 돌아가 짐을 꾸리고 나왔다. 그때 세명의 사람이 룬의 앞을 가로 막았다.

르넨과 오르온, 그리고 전혀 의외의 인물이었다.

"형님?"

"오랜만이구나."

호드만의 모습은 몰라보게 달라져 있었다. 포동포동하

게 살이 올라와 있던 볼은 홀쭉해졌고 튜브같았던 몸은 호리호리해져 있었다.

무엇보다 탐욕으로 흐리멍덩했던 눈빛에 제법 생기가 돌았다.

란드만의 죽음과 베르난도백작의 병세악화로 인해 상당히 충격을 받은 모양이었다.

"어떻게 된 겁니까?"

"가문이 위태로운 데 아카데미에서 편하게 무위도식하는 게 마음에 걸려서 말이야."

"무위도식이라니요. 아카데미생활이 녹록치 않은 건 누구나 아는 사실입니다."

"왕궁으로 가는 것이냐?"

"예. 곤란했던 일도 정리하고……."

룬은 말하기가 조심스러웠다. 장자인 란드만이 죽었으니 가문을 이을 사람은 응당 호드만이 돼야 했다. 하지만 호드만을 건너 룬이 가문을 잇게 되었으니 욕심이 많던 그에게는 충격적인 일일 것이다.

"정식으로 작위도 받는다지?"

그 물음에는 어떠한 악의도 없이 평범했다.

"그것이……."

"그렇게 곤란해 할 것 없다. 아버님에게 부탁을 드린 게 나니까. 나는 욕심은 많지만 책임지는 건 싫다. 그래서 너에게 떠넘기는 것이니 부담스러워 할 것 없다."

가족은 풍파가 닥쳐봐야 그 의미를 알 수 있다고 했다. 호드만이 이런 기특한 생각을 할 줄 누가 알았겠는가.

"형님……."

"나는 볼일이 있어 가볼테니 잘 다녀오거라."

호드만은 휑하니 사라졌다. 살이 빠져서 인지 제법 몸이 날래 보였다.

"잘 다녀 오세요. 배웅을 해드리고 싶지만 호드만님을 따라가야 돼서요."

오르온의 눈에는 다급함이 엿보였다. 룬을 배웅해 주고 싶은 마음과 호드만을 따라가야 한다는 마음이 싸우고 있는 듯 해보였다.

"그래."

오르온도 쌩 하니 사라졌다.

룬이 의아한 얼굴로 르넨을 보았다.

르넨이 한껏 웃더니 룬에게 말했다.

"호드만님이 재무를 가르쳐 주기로 하셨습니다."

"형님이요?"

룬은 또 한 번 놀랐다. 호드만은 귀족에 대한 자부심이 대단한 사람이었다. 그래서 그가 하녀와 함께 일을 한다는 건 상상도 할 수 없는 것이었다.

"설마 다른 이유가 있는 건 아니겠지요?"

"그럴리가요. 오르온이 셈을 하는 것을 보더니 본격적으로 배워라고 하셨는걸요."

룬은 잠시간 멍한 얼굴이 되었다. 그 얼굴을 보더니 르넨은 다시 미소를 지었다.

"걱정 말고 다녀오십시오. 경비대를 새로 꾸려 치안을 강화하였고, 법관을 새로 두었으니 억울한자가 나오지 않을 겁니다. 미스릴광산이 본격적으로 생산에 들어갔고 호드만님까지 오셨으니 재무쪽도 신경 쓸 게 없습니다."

"생각보다 오래 자리를 비울 수 도 있습니다. 그래도, 가문은 잘 돌아 가겠죠?"

"룬님이 오시고 그 짧은 사이 많은 것이 변했습니다. 걱정 하지 않으셔도 됩니다."

"르넨님만 믿겠습니다."

룬은 르넨에게 악수를 청 한 뒤 밖으로 나갔다. 성밖에서는 이미 토레논이 갈 채비를 모두 마치고 룬을 기다리고 있었다.

"생각보다 일찍 끝냈군."

토레논의 모습은 한 나라의 공작이라고는 상상하지 못할 만큼 평범한 차림이었다. 무색의 옷에 칼을 하나 걸친 게 전부였다.

차림의 평범함으로 보자면 룬도 별반 다르지 않았다. 특색없는 옷에 어디서나 볼법한 검 한 자루. 토레논과 마찬가지로 그게 전부였다.

“정말 우리 둘만 움직이는 겁니까?”

“그래.”

“한가로이 여행할 기분은 아니지만 사람이 많은 거 보다는 괜찮겠군요.”

“생각해 보니 우리가 오래 알고 지내기는 했지만 이렇게 여행을 다닌 적은 없는 거 같더군.”

“여행뿐이겠습니다. 몇 년만에 만나서 고작 몇 마디 얘기하고 헤어진 적도 있는걸요.”

그랬다. 확실히 그때 룬은 바람처럼 가벼운 사람이었다. 토레논은 룬의 그런 점이 마음에 들어 가까워졌지만, 그 때문에 더 가까워질 수는 없었다.

하지만 몸이 바뀐 지금, 룬은 이전과는 조금 다른 모습이었다. 자신의 생물학적 가족들을 위해 가문을 지키겠다는 생각부터가 이전의 룬이라면 도저히 상상도 할 수 없는 일이었다.

“감회가 새롭군. 지체하지 말고 어서 길을 떠나자고.”

토레논이 가볍게 발걸음을 띠었다.

“잠시만요.”

룬을 등을 돌려 성을 바라보았다. 하늘 높이 뻗은 성 뿌리가 제법 마음에 들었다.

“가시지요.”

"그래."

막상 여행이 시작되자 두 사람은 어색한 사람들처럼 말이 없었다. 마치 먼저 말하는 사람이 지기라도 하는 내기를 하는 것처럼 둘 사이에는 한마디도 오가지 않았다.

시커먼 남자와의 여행은 생각보다 유쾌하기만한 것은 아니었다.

'이렇게 여행을 다니니 사부가 떠오르는군.'

사부와의 여행은 지루할 틈이 없었다. 입이 깃털처럼 가벼운 사부는 쉴 새 없이 종알거렸고 룬은 몇 마디 받아치는 것만으로도 진이 빠질 지경이었다.

'사부…….'

룬은 사부와 떨어지고 십여년동안 한 번도 만나지 않았다. 보고 싶지 않은 건 아니었으나 만나기 위해 애를 쓴 적도 없었다.

사부역시 사라질 때와 마찬가지로 원래 없던 것처럼 룬 앞에 한 번도 모습을 보이지 않았다.

무소식이 희소식이다. 살아있으면 언젠가는 만난다. 그런 막연한 생각을 가지고 살아오다보니 어느새 십여 년이나 지났다.

생각해 보면 참으로 어리석은 시간이었다. 견원지간이 된 것도 아니고 그리워하면서도 왜 볼생각을 하지 못했을까.

자각하지 못하지만, 아니 인정하지 않는 것이겠지만 사부와의 헤어짐은 룬에게 큰 충격이었다.

소중한 사람과의 갑작스런 이별. 그것은 룬이 견디기에 너무나 무거운 짐이었다. 룬이 사람을 기피하고 바람처럼 생활한 것도 사부와 헤어진 후부터였다.

그때의 아픔으로 누구와도 쉽게 연을 맺지 못한 것이다.

사부를 보고 싶지만 다시 만날 생각을 하지 못한 건, 다시 찾아올 이별이 두려웠기 때문이다.

하지만 이 모든 걸 룬은 인정하지 않았다. 그래서 선택한 것이 결국 회피였다.

지금은 과연 어떨까.

"뭘 그리 골똘히 생각해?"

마침내 침묵이 깨졌다.

"아무것도 아니에요. 갑자기 처음 만났던 때가 생각이 나네요."

토레논을 처음 만난건 사부와 헤어지고 얼마 지나지 않아서다.

룬은 잘못된 정보를 알려준 도둑길드를 찾아가 대판 깽판을 치고 있었다. 그때 마침 도둑길드를 토벌하러온 토레논과 만났다.

이미 룬이 판을 다 없어 놓은 다음이었지만 토레논은 룬을 도둑길드의 장으로 오해했다.

자초지종도 듣지 않은 채 토레논은 불같이 룬에게 달려들었다.

그 다음은 뻔 한 시나리오대로 흘러갔다.

오해는 얼마 지나지 않아 풀렸고 서로의 실력을 인정한 둘은 그 자리에서 친구가 되었다.

"시답잖은 소리를 하는군."

퉁명스럽게 내뱉었지만 토레논도 내심 그때가 생각나는 모양이었다.

어느새 입 꼬리가 부드럽게 올라가 진다.

❖

호화스럽고 크지는 않지만 잘 정돈된 저택에 스엣이 있었다. 방에는 욕실도 있었고 치장을 할 수 있는 드레스룸도 있었다. 심지어 하녀까지 있어 그녀의 불편함을 덜어주었다.

완벽해 보이는 공간이지만 커다란 단점이 존재했다. 세상과 완벽하게 단절되었다는 점이다. 그녀는 성 꼭대기에서 세상을 내려다보지만 단 한발자국도 나갈 수 없는 불쌍한 공주와 같았다.

끼이익.

스엣이 하염없이 창밖을 보고 있는 데 누군가가 들어왔

다. 안에서는 열수 없도록 특수 설계된 이 문이 열린 적은 이곳에 잡혀온 날을 제외하면 지금이 처음이었다.

그는 마치 제집에 들어온 마냥 자연스럽게 탁자에 앉았다. 그리고 스엣을 보며 앉으라고 손수 제스쳐까지 취해 주었다.

하지만 스엣은 그를 마주보며 이야기를 하고 싶은 생각이 전혀 없었다.

“무슨 일이시죠?”

그녀는 다시 창밖을 바라보았다.

“지내실 만은 하신가요? 괜찮다면 이쪽에 와 앉아 애기나 좀 나누시지요.”

“당신과는 할 애기가 없군요.”

그는 자리에서 일어났다. 그리고는 스엣이 있는 창문쪽으로 걸어갔다. 햇살이 창을 뚫고 그의 눈을 간질였다. 하지만 머리로 깊게 가려진 왼쪽 눈에는 전혀 빛이 들어오질 않았다.

바르타인공작은 그녀에게 더욱 바싹 다가갔다. 그녀는 그를 피해 시선을 돌렸다.

바르타인공작은 여유롭게 웃으며 커튼을 내렸다. 빛은 더 이상 들어오지 않았다.

“계속 아무것도 없는 벽을 보고 계실건가요?”

그는 다시 탁자로 돌아와 앉았다.

"당신을 보느니 차라리 그편이 낫겠어요."

"지조가 있는 레이디군요."

"저를 왜 이곳으로 데려온 거죠?"

"왜 일까요?"

"죽이기라도 하실 건가요?"

"그럴 거면 굳이 번거롭게 지하 감옥에서 빼내지도 않았겠죠."

바르타인은 자리에서 일어나 스엣에게 다가갔다. 그리고 모래를 손에 담듯 그녀의 머리를 만졌다.

"뭐하는 짓이죠?"

스엣이 바르타인의 손을 밀쳤다. 하지만 바르타인의 손을 꿈쩍도 하지 않았다.

"저에게 등을 돌리는 여자일수록 소유하고 싶은 욕구가 생겨서 말이죠."

스엣은 바르타인을 노려보다 터벅터벅 걸어가 탁자에 앉았다.

바르타인은 가볍게 웃더니 그녀의 앞으로 가 앉았다.

"제국에 잠입했다고 들었습니다. 무엇 때문이지요?"

"나를 왜 잡아온 거죠?"

"음. 어쩌면 이 대답이 우리 둘의 물음을 해결할 수 있겠군요. 월야…… 그와 어떤 관계죠?"

어떠한 감정도 들어내지 않겠노라 했던 스엣의 다짐은

무참히 깨졌다.

"네까짓 놈이 감히 그 더러운 입으로 그 이름을 입에 올려."

"대강 짐작은 했지만 역시 그렇군요. 그럼 제국, 아니 정확하게는 나에 대한 분노는 그와 관련 돼 있겠지요?"

"모르는 척 하지마. 네놈이…… 네놈이…… 우리 아버지를……."

"당신의 아버지를?"

"이. 이."

순식간에 스엣의 몸이 튕기듯 앞으로 뻗어나가더니 그녀의 손에서 단도가 하나 나왔다. 오러가 서린 매서운 단도였다. 하지만 모든 것을 꿰뚫을 것 같던 그녀의 단도는 바르타인공작이 손을 들자 허무하게 막혀버렸다.

그녀의 단도가 떨어졌다.

뚝.

뒤이어 그녀의 단도를 맨손으로 막은 바르타인공작의 손에서 핏방울이 떨어졌다.

"실력이 제법이시군요. 과연 월야의 후예입니다."

스엣은 망연자실했다. 오러를 머금은 단도는 마스터급의 검사가 아니면 막을 수 없는 정도의 위력이었다.

그런 단도를 맨손으로 막아내다니…… 상식밖의 일이었다.

"귀엽기만 하던 소녀가 이토록 성장한 걸 보면 월야도 분명 기뻐할 겁니다."

"……."

스엣은 너무 놀라 말을 이을 수가 없었다.

"어렸을 때라 기억을 하지 못하는 건가요? 아, 이런 지금은 그때와 모습이 다르니 기억하지 못하는 게 당연하겠군요."

하면서 그는 아주 작게 중얼중얼 거렸다. 그러자 몸에서 은은한 빛이 나며 모습이 서서히 변해갔다.

"다, 당신은……."

"이제 기억이 좀 나시나요?"

젊은 미남자의 모습을 한 그는 스엣도 한 번 본적이 있었다.

월야가 사라지기전 마지막으로 본 얼굴이었다.

"레이디가 그때 그 꼬마숙녀분인지도 모르고 한참을 헤맸군요. 등잔 밑이 어둡다 하더니 과연 선조들의 지혜가 엿보이는 말입니다."

"주, 죽여버리겠어."

스엣은 막무가내로 바르타인에게 달려들었다. 그녀는 이미 이성을 잃어 제 손에 단도가 들려 있는지 아닌지도 깨닫지 못하고 습관적으로 찌르는 시늉을 했다.

하지만 단도가 없는 그녀의 손을 그저 가냘픈 여인의 손짓일 뿐이었다.

그녀의 손을 잡은 바르타인은 완력으로 그녀를 의자에 앉혔다.

힘으로 바르타인에게 완전히 제압당하고도 그녀는 발버둥을 멈추지 않았다.

바르타인공작은 그녀가 모든 힘이 빠질때까지 친절하게 기다려 주었다.

"분위기를 보니 큰 착각을 하고 계신 거 같군요. 우리는 서로가 원하는 것을 해줬을 뿐이에요."

"닥쳐."

"저는 그와 같은 존재가 내 편이 아닌 이상 없는 것을 바랐고, 그는 본인이 원래 있던 곳으로 돌아가고 싶어 했을 뿐이에요."

"거짓말. 그랬다면 그렇게 말도 없이 사라질리가 없어."

"후후. 레이디께서 단단히 오해를 하고 계시는 군요."

바르타인은 천천히 과거의 이야기를 꺼내기 시작했다.

❖

"바르틴대제의 마나연공. 그것을 제게 주세요."

바르타인공작은 월야를 바라보았다. 검은 눈동자에 검은 머리를 한 월야는 대륙의 기준으로는 조금 특이하긴 하지만 빼어난 미남자임에는 틀림없었다.

"싫다고 했을 텐데."

"나를 도울 수 없다면 당신을 없앨 수밖에 없어요."

"당신이 나를?"

월야는 비웃었다. 기분이 상할만 했지만 바르타인은 그라면 충분히 그럴 자격이 있다고 생각했다.

"죽일 수는 없겠지만 말 그대로 없앨 수는 있지요."

"없앤다? 거슬리는 말이로군. 그저 멀리 보내버리는 정도로 그런 말을 하지는 않았을 테고. 이야기책에서나 존재하는 마계나 아틀란티스 뭐 그런데 라도 보내버리겠다는 뜻인가?"

"비슷합니다. 하지만 그런 허황된 것과는 달라요. 세상엔 우리가 보지 못하는 것이 많습니다. 그곳 또한 마찬가지지요."

"혹시 그곳이 나처럼 검은 머리와 검은 눈동자를 한 사람들이 살고, 모두 검을 사용하며, 나처럼 마나연공을 하는 그런 곳인가?"

뜬금없는 질문에 바르타인공작이 오히려 놀랐다.

"날 그곳으로 보내줘."

"……."

"다시 말하지만 '그곳' 이 당신이 원하는 곳이 아닐 수도 있어요."

"알았으니 일단 어디든 보내보라고."

월야의 앞에는 마법진이 펼쳐져 있었다. 온갖 문양으로 만들어진 마법진 사이로 검은색 로브를 둘러쓴 마법사들이 괴상한 주문을 외우고 있었다. 그리고 그들 사이사이에는 마정석이 박혀 있었다. 마정석에서는 섬광과 같은 빛이 뿜어져 나왔다.

"그때 보았던 그 꼬마아가씨에게는 어떻게 말을 하실 건가요? 곤란하시다면 제가 대신 해드릴 수도 있습니다."

"왜? 내가 떠나고 나면 그 아이를 붙잡으려고? 미안하지만 그럴 일은 없을 거야."

바르타인은 걱정하지 않았다. 떠나기 전 한번은 그녀를 만날 것이고 그때 위치를 파악해 두면 되었다.

혹시 또 모를 일이었다. 그녀 말고 다른 후예가 있을지.

월야는 마법진으로 걸어갔다.

제일가까이에 있는 마법사가 월야에게 검은 구술을 주었다.

월야는 정확히 일분 동안 그것을 받아 든 뒤 다음 마법사에게 갔다. 그에게서 또 검은 구술을 받아 이분동안 몸에 지녔다.

그리고 그 다음에는 삼분. 다음 사람에게는 사분. 이렇게 한명 한명이 주는 검은 구술을 받아 드디어 마지막 마법사에게 당도했다.

마지막 마법사에게까지 검은 구술을 받아든 월야는 마법진의 중앙으로 움직였다.

대단한 일이라도 발생한 것 같았지만 오히려 쥐죽은 듯 조용했다.

“언제까지 이 귀찮은 걸해야 되지?”

“조금만 참으세요. 사해가 모두 모이는 순간 당신이 원하는 바를 이룰 수 있을 겁니다. 이제 나오셔도 됩니다.”

월야는 귀찮은 얼굴을 한 채 마법진에서 발을 띠었다.

그런데 그때였다.

조용하던 마법진에서 갑자기 위잉거리는 소리가 나기 시작했다.

동시에 마법진귀퉁이에서 불이 들어오더니 점차 마법진 전역으로 퍼져 나갔다.

마정석은 모두 깨져나갔고, 주위에 있던 마법사들은 극심한 고통을 호소했다.

마법진이 발동하고 있는 것이었다.

“…….”

좀처럼 당황하지 않는 바르타인이지만 이 순간만큼은 평정심을 유지할 수 없었다.

마법진이 발동하려면 사해가 모여야 했다. 사해는 마법진을 발동시키는 힘이었다. 충분한 힘이 모이지 않았는 데

마법진이 발동할리 없었다.

'저자의 힘을 너무 얕잡아 봤다.'

마법진이 발동했다. 힘이 모였다는 것이다. 하지만 사해는 부족했다. 족히 십일 더 있어야 했다. 부족한 힘이 어디서 보충된 걸까? 답은 간단하다. 월야 그 자신이 사해가 된 것이다.

"멈춰."

바르타인이 마법진으로 돌진했다. 이대로 그를 그냥 보낼 수는 없었다.

하지만 바르타인은 보이지 않는 장벽에 부딪쳐 십여미터나 뒤로 나자빠졌다.

동시에 의식의 끈을 놓았다.

❖

"이제 아시겠습니까? 예정에 없던 때에 마법진이 발동되었으니 레이디에게 말을 하고 떠날 수 없었던 겁니다."

"……."

"무리하게 마법진이 발동하는 덕에 저는 제가 키우던 십 수 명의 마법사들을 잃었습니다. 십여 년간 공을 들인 보석같은 자들을 말이죠. 복수를 하기 위해 제국에 들어왔다고요? 똑똑히 말해드리지요. 복수를 해야 한다면 그건 당신이 아니라 제가 해야 하는 겁니다."

스엣은 어떠한 말도 할 수 없었다. 머리가 깨질 듯 어지러웠다.

"혼란스러우신가요? 진실은 원래 냉혹한 것이랍니다. 당신의 상상을 무참히 깨버리지요."

스엣은 당장이라도 무너져 내릴 것처럼 위태로웠다. 하지만 바르타인은 말을 멈추지 않았다.

"스스로를 한 번 돌아보세요. 그저 누군가에게 화풀이를 하고 싶은 건 아니었는지, 그가 말도 없이 떠났다는 사실을 받아 들이고 싶지 않은 건 아닌지."

스엣은 아무것도 듣지 못하는 사람처럼, 아무 말도 할 수 없는 사람처럼 그렇게 고개를 떨군채 한참동안이나 움직이지 않았다.

바르타인공작이 거처로 가자 기다리고 있는 사람 하나가 있었다.

"엘리제오님께서 어쩐 일이십니까?"

"아무래도 남대륙 동향이 심상치 않습니다. 대거의 병력을 수송할 수 있는 함선 몇척이 눈에 띄었다고 합니다."

"함선이야 이전에도 있었습니다. 문제는 원하는 만큼

충분히 생산을 할 수 있느냐였죠."

"대거의 드워프장인이 도움을 주고 있는 것으로 파악되고 있습니다."

"드워프?"

좀처럼 표정에 변화가 없는 바르타인공작의 얼굴에 놀람이 서렸다.

"그들은 인간사에 개입하지 않는 것을 떠나 혐오하는 것으로 알고 있는데요."

"물론 그렇습니다. 하지만 인간을 싫어하는 만큼, 아니 그보다 훨씬 더 엘프를 증오하는 것으로도 알려져 있죠."

"그들 사이에 무슨 일이 있었나요?"

"자세하게는 모르겠습니다. 하지만 두 종족간의 마찰 때문에 드워프들이 움직인거 같습니다."

"같습니다? 제가 별로 좋아하는 말은 아니군요."

엘리제의 얼굴이 굳어졌다.

"하지만 모든 일을 확신을 가지고 할 수는 없는 것이겠죠. 더더욱 머나먼 남대륙땅, 그것도 인간이 아닌 이종족의 일이니까요."

바르타인공작은 생각을 정리해 보았다. 남대륙에 서식하고 있는 드워프, 그리고 이 북부대륙에 살고 있는 엘프. 그들 사이에 문제가 생겼다면 드워프들이 남대륙의 인간들을 돕는 것은 이해가 되었다.

남대륙은 이미 통일 되었고, 호전적인 성격탓에 기회만 된다면 언제든 이 북부대륙을 집어 삼키고 싶어 했다.

그 호전적인 성격을 막아선 게 바로 바다를 횡단할 배를 양산할 수 없다는 것이었다. 하지만 드워프가 나섰다면 그 문제는 해결된 것이라 볼 수 있었다.

그들은 전투의 민족이었다. 하나하나가 일당백의 전사였다. 게다가 남대륙은 통일 되었지만 북부대륙은 아직 아니었다.

북부대륙 전체 전력으로도 그들을 막을 수 있을지 장담할 수 없었다.

"시일을 좀 앞당겨야 되겠군요. 첸젠님에게 일러 가능한한 빨리 트린베니아를 점령하라고 하세요."

"첸젠님이 직접 말입니까?"

엘리제오가 놀라 반문했다.

엘리제오는 첸젠이야 말로 대륙 최고의 검사라고 생각했다. 그가 이끄는 기사단 역시 마찬가지였다. 그럼에도 이름이 알려지지 않은 건 그만큼 비장의 한 수로 남겨두고 있었기 때문이다.

그런데 고작 트린베니아를 점령하기 위해 그 한 수를 꺼내는 건 쉬이 이해가 되지 않았다.

그가 아는 바르타인공작은 이렇게 성급한 성격이 아니었다.

"가능하면 폴센님에게도 연통을 넣으세요."

"폴센님까지요?"

폴센은 과거 왕실수석마법사를 연임했던 자였다. 그는 수석마법사임에도 공식적인 자리나 수석으로써 해야 될 일들을 내팽개치고 기행을 일삼기 일쑤였던 인물이었다.

그럼에도 왕실수석을 연임할 수 있었던 이유는 그만큼 실력이 뒷받침되었기 때문이다. 그의 제자였던 내셔는 어쩌면 인류 최초로 인간의 한계라 여겨지는 7써클의 벽을 넘었을지도 모른다고 했다.

하지만 이에 대해서는 아직 밝혀진 바가 없었다. 폴센은 그 사실에 대해 함구하였고 내셔는 알 수 없는 이유로 죽음 맞이했기 때문이다.

내셔가 죽은 후 폴센은 극심한 우울증을 앓았고 왕실수석에서 물러났다.

그리고 이제는 왕실 어느 한 구석에 연구실을 차려놓고는 무위도식을 즐기고 있었다.

이제는 뒷방늙은이처럼 보잘 것 없어 보이는 그지만 아직도 말 한 마디면 불구덩이라도 뛰어들 마법사가 수두룩했다.

첸젠도 모자라 폴센까지 끌어 드리려 한다는 것은 의외일 수밖에 없었다.

"트린베니아의 전력이 그 정도 입니까?"

그 역시 트린베니아에 비밀 세력이 존재한다는 것은 알고 있었다. 하지만 그 규모가 이토록 어마어마하다고는 상상한 적이 없었다.

“아직 정확하게 파악된 건 없어요. 하지만 첸젠님만으로는 확신할 수 없는 건 분명하죠.”

“허.”

엘리제오가 놀람에 빠져 있는 사이 토레논이 다시 말을 이었다.

“남대륙이 치고 올라온다면 트린베니아와 르니에르왕국이 가장 중요한 거점이 될 겁니다. 빠르게 트린베니아를 점령 한 후 르니에르왕국까지 속행해야 됩니다. 우선은 트린베니아를 점령하는 데 전력을 기울이도록 하죠.”

“알겠습니다.”

대답은 시원스러웠으나 말끝 어미에 약간의 모호함이 남아 있었다.

“왜 그러시죠?”

“스위프트말입니다. 완벽하게 빼내왔어야 되는데 원이 있다는 사실을 들켜 버렸으니 아쉬워서 그렇습니다. 세작이 있다는 것을 모르고 있어야 더욱 더 절체절명의 순간에 쓸 수 있을 텐데 말입니다.”

원은 르니에르왕국에 잠입한 첩자의 은밀한 호칭이었다.

"트린베니아를 점령하면 해상으로 왕국을 침투할 수 있어요. 좀 더 효과적으로 침투를 하려면 르니에르왕국의 내부부터 뒤집어 놔야 하니 오히려 잘 된 겁니다. 이제 르니에르왕은 그 누구도 믿을 수 없을 겁니다."

NEO FUSION FANTASY STORY & ADVANTURE

제 6 장

겁쟁이

제 6 장 겁쟁이

데이미안왕자는 미노타우르스의 머리를 쓰다듬으며 룬을 보았다.

"추포령을 철회해 달라?"

"예."

너무도 당당하여 오히려 데이미안이 아쉬운 소리를 하러 온 것인지 착각이 들 지경이었다.

그런데 또 의외인 것은 데이미안의 반응이었다. 본인의 성격답지 않게 성급하게 근위병을 움직인 것을 후회라도 하는 것인지 의외로 룬의 말에 수긍하는 눈치였다.

"도망가는 상황에서 꽤 능숙하게 마법을 사용했다고 하더군."

"……"

룬은 말문이 막혔다.

하지만 언제 그랬냐는 듯 다시 능글맞게 대답을 했다.

"예. 제가 사실 마법을 좀 다룰 줄 압니다. 그런데 그게 무슨 문제라도 되는 겁니까?"

"그래플아카데미의 검술특기생이 마법을 사용한다면 누구라도 이상하게 생각할 거야. 더군다나 베르난도백작가는 비록 명망이 있지는 않았어도 대대로 검사집안이었으니까. 왜 마법을 사용할 수 있다는 사실을 숨겼지? 오히려 알리고 싶었어야 정상인데 말이야."

"왕자님께서 그 답을 이미 말하셨군요. 저희 집안은 대대로 검사가문이에요. 그래서 숨긴……."

룬은 채 대답을 할 수가 없었다. 어느새 데이미안이 검을 꺼내 들어 순식간에 달려들었기 때문이다.

데이미안의 움직임은 잘 단련된 검사답게 빠르고 민첩했다. 게다가 그의 검에는 오러까지 서려 있었다.

룬은 데이미안의 검면을 손으로 튕겨냈다.

데이미안의 검은 목표한 경로를 잃고 애꿎은 탁자로 날아갔다. 검에 서린 오러가 얼마나 강력했던지 책 몇 권을 쌓아 둔 것만큼이나 두꺼운 탁자가 두부처럼 갈라지며 바닥에 꽂혔다.

데이미안은 이렇게 될 거란걸 예상이라도 한 것처럼 자

연스럽게 검을 뽑은 다음 검집에 넣었다.

"과연 리오도르님께서도 탐을 낼만 한 움직임이야."

룬은 파편을 피해 옆으로 자리를 옮겼다.

"무슨 말을 하고 싶으신 겁니까?"

데이미안의 돌발 행동에도 룬은 별다른 감정의 동요가 없었다.

"검사는 마법을 사용할 수 없어. 반대로 마법사는 검을 사용할 수 없지."

"하지만 예외적으로 그게 가능한 사람들도 있습니다."

물론 룬은 기록에서 나오는 마검사와는 조금 달랐다. 진정한 마검사란 마법과 검을 차별 없이 사용할 수 있는 사람이었다.

반면 룬의 기반은 마법이었다. 거기에 검사와 같은 민첩한 움직임을 가진 것뿐이다.

진정한 마검사와 룬의 극명한 차이는 오러였다. 룬은 오러블레이드를 사용할 수 없었다. 그것을 대체할 파이어소드를 개발하기는 했지만 굳이 구분을 나누자면 그건 마법이었다.

따라서 룬은 검사처럼 검을 잘 다루는 마법사이지 마검사는 아니었다.

하지만 지금은 그렇게 세세한 것을 따질 필요는 없었다.

"전통적인 검사가문이기에 마법을 사용한다는 사실을 숨겼다? 역사상 극소수에게만 선택된 마검사라는 축복을 숨길 이유가 된다고 생각하나?"

"제가 제국에서 심어놓은 세작이라도 된다고 생각하시는 겁니까?"

데이미안은 조금 의외라는 눈을 하였다.

"토레논공작님과의 사이가 조금 특별해 보인다고는 생각했지만 그런 이야기까지 오고갈 줄은 몰랐군. 그럼 지금 사태가 얼마나 엄중한지 알면서도 그렇게 당당하게 나왔다는 건가?"

데이미안은 보통의 사람이 의심을 하다 들켰을 때 짓는 겸연쩍은 표정 따위는 하지 않았다.

"결백하니까요."

"하지만 증명하지 못한다면 소용없지. 게다가 넌 근위병을 피해 도망가기까지 했지."

"그럼 이건 어떻습니까? 제가 제국에 남아 있는 세작을 색출해 내 보겠습니다."

확실히 매력적인 제안인 모양이었다. 어떠한 요구든 단칼에 거절할 것 같던 데이미안이 고개를 끄덕이고 있었다.

"어떻게?"

"그건 영업비밀입니다."

농담을 할 상황은 아니었지만 거창한 설명보다 때로는 가벼운 말 한마디가 더 믿음을 주는 경우가 있고 그것이 지금이라 룬은 생각했다.

물론 하나하나 말로 설명하기에는 조금 버거운 이유도 있었다.

아무런 근거도 뒷받침 되지 않는 상황에서도 데이미안은 룬의 말을 흘려듣지 않았다.

다른 건 몰라도 데이미안은 룬의 능력만은 신뢰했다. 일전 브농후작을 독살하려는 것도 누구보다 먼저 알아차렸으며 이후의 계획까지 완벽하게 파악한 것이 바로 룬이었다.

사실 그때 일만 봐도 데이미안의 말은 조금 억지이기는 했다.

제국의 세작이 제국의 음모를 파헤친다?

말도 되지 않는 일이었다.

물론 왕국에 더욱더 확실하게 스며들기 위해 간계를 쓴 거라 생각할 수도 있었다.

하지만 대가가 너무 컸다. 그 일로 제국은 수만의 병력을 잃었고, 브라댄백작 아틀란드를 비롯해 제국의 유망한 인재를 잃었으며, 애슐리공주마저 포로로 잡혀 버렸다.

무엇보다 계획이 파헤쳐지지만 않았어도 왕국은 제국의

손에 넘어갈 가능성이 높았다.

세작하나를 심어 넣기 위한 희생 치고는 사리에 맞지 않는 일이었다.

"좋아. 그렇게만 해준다면 모든 의심을 걷어 주는 것은 물론 왕궁근위대를 쑥대밭으로 만든 일 또한 넘어가주지."

"근위대가 누구에게 습격이라도 당했답니까?"

아무리 은밀하게 움직였다 하더라도 그 많은 근위대가 왕궁을 발칵 뒤집어 놓았으니 다른 이들의 귀에 들어가지 않을 리 없었다.

비상시를 대비해 특별훈련을 한 것이라 둘러 대기는 했지만 다들 액면그대로 믿는 눈치는 아니었다.

그런 상황에서 근위대가 움직인 이유가 알려지게 된다면 이제껏 그 사실을 숨겨온 노력이 모두 수포로 돌아가고 말았다.

애초에 근위대 사건을 빌미로 룬을 문초할 수 없는 상황이었다.

그러니 생색을 내야 할 주체가 잘 못 되었다는 걸 데이미안에게 전해준 것이다.

"전에도 말했었지. 너는 너무 건방지다고."

"제가 건방지기에 싫은 겁니까?"

뼈가 있는 말이었다.

"건방지다고 했을 뿐이야."

"그렇습니까? 저는 아무런 증거도 없이 근위대를 움직인 것을 보고 저를 싫어한다고 생각했습니다. 제가 아는 왕자님은 그렇게 성급하게 움직이실 분이 아닌데 말이죠."

"오늘따라 말이 너무 많군."

"앉아만 있다 지하 감옥으로 가는 신세가 될 수는 없으니까요."

대화는 묘하게 틀어져 있었지만 둘은 그것을 즐기기라도 하듯 바로 잡으려 하지 않았다.

룬은 자리에서 일어났다. 공적인 이야기가 끝났으니 더 이상 있을 이유가 없었다.

그건 데이미안도 마찬가지라 룬은 생각했다. 하지만 의외로 데이미안은 룬을 불러 세웠다.

"이자벨리아와 무슨 일이 있던 거지?"

의외의 질문이라 룬은 무슨 의도를 가지고 한 말인지 한참을 생각해야 했다.

근위병이 나섰을 때 이자벨리아가 자신을 도와 준 것을 추궁하는 것인가?

그렇게 생각한 룬은 변명을 하기 시작했다.

"신디아님은 그때……. 그러니까……. 그래서……."

갑작스럽게 변명을 하는 거라 앞뒤 문맥도 잘 안 맞고

발음이 명확하지 않아 데이미안은 술주정뱅이가 횡설수설 하는 것으로 들렸다.

“마치 그 때 일로 내가 내 누이에게 무슨 해코지라도 하기라도 하는 것처럼 이상한 말을 하는군.”

룬은 데이미안이라면 충분히 그럴 수도 있다고 생각했기에 절로 고개가 끄덕여졌다.

“하시면……?”

“말 그대로야. 둘 사이에 무슨 일이 있었냐는 거지.”

“…….”

“정말로 못 알아 듣는 건가 아니면 못 알아 듣는 척 하는 건가?”

“…….”

대화를 하는 동안 말귀를 못 알아 먹은 경우가 없었기에 데이미안은 룬의 반응이 낯설게 느껴졌다.

“좀 더 직접적으로 말해야 알아먹을 모양이군. 신디아와 어떤 사이지?”

“신디아님은 좋은 친구입니다.”

“그리고?”

룬은 다시 조금 멍청한 얼굴이 되었다. 그리고라니?

“아, 당연히 공주님이시지요. 신디아님, 아니 공주님께서 신분을 밝히지 않는 걸 원하셨고 본인을 친구처럼 대하길 바라시기에 그렇게 행동한 것뿐입니다. 다른 의도가 있었던 건 아니니 오해하지 마십시오."

룬은 본인의 대답에 꽤 만족하는 모양이었다.

그 모습을 보던 데이미안은 소리를 내어 웃기 시작했다.

룬은 벙어리가 갑자기 말을 하는 거라도 본 것처럼 멍한 얼굴이 되었다.

데이미안이 미소가 아닌 소리를 내어 웃는 건 처음이었다.

"제 이야기가 그토록 웃깁니까?"

"물론 웃기다마다. 네게 그렇게 멍청한 부분이 있는지는 몰랐군. 이도저도 아니게 행동하는 게 영 답답했었는데 이제야 이해가 조금은 돼. 그래, 그 아이가 원하면 얼마든지 친구가 되어 주라고."

"……."

룬은 데이미안이 오늘따라 유독 뜬구름을 잡는다고 생각했다.

데이미안은 이제 진짜 용건이 다 끝났는지 룬에게 나가라는 제스쳐를 보냈다.

룬은 꼭 볼일을 보고 마무리를 하지 않은 얼굴로 집무실을 나갔다.

❖

"의외로군요, 이렇게 쉽게 올 거라고는 생각지 못했는데."

룬이 나가자 비밀 문이 열리면서 데카부네가 나왔다. 그리고 그 옆에는 또 다른 왕의 그림자 헨젠이 있었다.

"영리한 친구야. 공적으로 책임을 물을 수 없다는 확신을 가진 거겠지."

연회장에서 일을 벌였던 여인과 스엣이 동일인물이라는 주장은 브리튼에게 나온 것이었다. 그 외에 다른 증거는 없었다. 게다가 지금 그는 행방불명인 상태였다.

스엣이 제국의 세작에게 납치 된 것 가지고는 역시 추궁을 하기가 어려웠다. 이번에 제국을 몰아낸 일등공신이 룬이였기 때문이다.

유일하게 물을 수 있는 게 근위대에게 해를 가한 것이었다. 하지만 그 과격한 싸움속에서도 목숨을 잃은 근위대는 없었고 심지어 큰 부상을 당한자도 없었다. 다만 그때 당시 전장이탈을 당한 것일 뿐이었다.

근위대를 움직인 건 비밀리에 한 것이기 때문에 책임을 묻기가 애매했다.

"저자가 제국의 세작을 찾아낼 수 있을 거라 생각하십니까?"

"글쎄…… 그 보다 알아보라고 한 건 알아봤나?"

데이미안의 시선은 데카부네의 옆에 있는 헨젠에게 향했다.

그는 왕실에서 은밀하게 키우는 마법사중 한명으로 4써클에 다다른 인재였다.

데이미안은 융커 이후로 차기수석마법사로 그를 생각하고 있었다.

물론 그의 나이가 어리기 때문에 그건 한참후의 일이기는 했다.

"이런 말씀을 드리기 송구스러우나 제 안목으로는 그의 실력을 가늠하기 힘듭니다."

"마법사는 검사와 달리 교전의 흔적만 보고는 실력을 파악하기가 힘든 건가?"

실력 있는 검사라면 싸움의 흔적만 보고도 상대의 실력을 대강은 알 수 있다.

간혹 뛰어난 자는 처음부터 끝까지 싸움을 복귀하는 자도 있을 정도였다.

데이미안은 마법사는 아니지만 검사와 같이 흔적을 보고 상대방의 실력을 대강 짐작 할 수 있다고 알고 있었다.

"그건 아닙니다만……."

"그럼 마법을 쓴 주체가 너보다 강하다는 뜻인가?"

"예……."

헨젠의 목소리는 매우 작았다.

최소한 자신의 또래에서는 대륙을 통틀어서도 최고라고 자부하고 있었기에 자존심이 상한 것이다.

"내 공격을 피했을 때는 어떠했지?"

기습을 피하기 위해서는 본능적인 움직임이 동반된다. 우미라 본인을 꽁꽁 숨기고 있는 사람이라도 실력이 드러나기 마련이었다.

"그때 역시 아무것도 알아내지 못했습니다."

크게 두 가지로 해석 될 수 있었다.

실력을 드러내도 알아볼만한 안목이 없는 경우.

데이미안의 일격 정도로는 본 실력을 발휘할 필요도 없는 경우.

데이미안은 전자일 거라 생각했다.

아무튼 룬의 실력이 헨젠의 안목으로는 파악되지 않는 건 분명했다.

❖

데이미안을 만나고온 뒤 룬은 침대위에 드러누워 한참 동안 움직이지 않았다. 움직임이 거의 없어 석상이 되지 않을까 싶을 정도가 되었을 때 토레논이 들어왔다.

"뭐하고 있나?"

"노크 좀 하고 들어오십쇼."

룬이 침대에서 일어나며 말했다.

"문 앞에 가드가 두 명이나 서 있을 텐데 이렇게 무음입성하시는 걸 보면 나는 새도 떨어뜨린다는 권력가라는 말이 맞는 모양입니다."

"비아냥거리지 마. 같던 일은 어떻게 됐지?"

"잘 해결 됐어요."

"목소리에 확신이 없는 거 같군."

"왕자님이 조금 이상한 말을 해서요."

"이상한 말? 어떤 말?"

"저에게 신디아님과 무슨 일이 있었냐고 묻더군요."

"그래서?"

"근위대와의 사건을 추궁하려고 하는 말인지 알고 얼렁뚱땅 둘러대었죠."

"그랬더니?"

"신디아님과 무슨 사이냐고 물으시드라고요. 그래서 친구라고 대답했더니 웃으면서 앞으로도 좋은 친구가 되라고 하더라구요."

"동생을 생각하는 오라비의 마음이군. 그게 뭐가 이상해서 이렇게 골똘히 생각에 잠겨 있는 거지?"

"웃음이요. 그 웃음의 의미를 모르겠어요."

말을 듣던 토레논은 소리내어 웃었다. 그 모습이 어딘가 방금 데이미안의 웃음과 비슷해 보였다.

"웃음의 의미라…… 나는 왠지 알 것도 같군."

"그래요? 그게 뭔데요?"

"글쎄…… 그게 뭘까?

토레논이 능글맞게 웃었다.

"장난치지 마시고요."

"그렇게 쉽게 말해 줄 순 없지. 너의 그 얼빵한 얼굴을 볼 기회가 그렇게 흔한 것도 아닌데 말이야."

"이러시깁니까."

룬이 얼굴을 구기자 토레논이 다시 소리 내어 웃기 시작했다.

그렇게 한참을 웃다가 마침내 선심 쓰듯 말했다.

"왕자님은 너에게 공주님이 여자로써 어떤지 물어본 거야."

"여자로써요?"

룬이 고개를 갸웃한다.

"에이 설마요."

토레논은 대답대신 어깨를 으쓱했다.

"정말로요?"

끄덕.

"한 번도 여자와 사귀어 본적이 없다고 했었지?"

"예."

"그러니 당연히 모를 수밖에……."

대놓고 무시하는 투가 역력했다.

"제가 뭘 모른다는 거죠?"

"뭘 모르는지 한 번 잘 생각해 보라고."

생각해 보니 룬을 놀리며 희희덕거릴 상황만은 아니었다. 룬의 저 무지 때문에 마음고생 사람이 한 명 더 있기 때문이다.

토레논은 헛기침을 한 번 한 뒤 화제를 전환시켰다.

"토르기사단의 정식 입단은 절차가 조금 복잡해 질 거 같더군."

"공증인에게 공증을 받고 정식 기사단의 지위를 하사받으면 되는 거 아닙니까?"

"보통은 그렇지. 그런데 국왕전하께서 데이미안왕자님에게 모든 정권을 공식적으로 일임했어. 공교롭게도 그 후 가장 처음 맞는 공식 일정이 바로 기사직위 수여식이지. 그래서 보통과 다르게 꽤 규모를 크게 하여 여러명의 기사단과 함께 축제 형식으로 진행할 모양이야."

"그럼 여러 기사단이 심사를 받겠군요."

"그렇겠지. 게다가 여러 사람이 보고 있는 만큼 지금처럼 형식적으로 심사를 하지는 않을 거야. 심사여부를 떠나 망신을 당할지도 모를 일이지."

"큰 일이 쉽게 해결 되니 작은 일이 커지는군요."

"세상사 다 그런 거 아니겠나? 그리고 또 하나 문제가 있지."

"설마 제 작위수여식에도 문제가 있는 건 아니겠죠?"

"영지를 하사하고 그곳의 주인을 결정하는 건 여태껏 왕의 고유권한이었지만 의회에서는 그 권한을 넘겨받길 원하는 눈치더군."

"어떻게 그런게 의회로 넘어갈 수가 있습니까? 이건 왕실의 존재 자체를 부정하겠다는 거 아닙니까?"

룬은 복잡한 왕궁일은 잘 몰랐다. 하지만 영주를 선임하는 것은 왕의 고유권한인 것은 알았다. 룬은 대륙 어디에서도 영주를 왕이 아닌 다른 기관에서 선임한다는 말을 들어 본 적이 없었다.

"이번 제국과의 일로 인해 영주들의 도움이 너무나도 컸어. 그들로써는 대가를 받길 바라고 그 중하나가 바로 영주선임권이지."

"아무리 그렇다 하더라도 영주를 다른 영주를 선임한다니요. 이건 말도 안 되는 일이에요."

룬은 사실 왕이 선임하든 의회에서 선임하든 아무래도 상관없었다. 다만 의회로 그 권한이 넘어갈 경우 전보다 번거로워 지는 게 싫었을 뿐이었다.

"뜻대로 되는 게 없군요. 작위 같은 거 굳이 받고 싶은 마음도 없는데."

"왕에게 정식으로 수여를 받지 않은 자가 영지를 관리하는 건 엄연한 역모야. 기왕 루텐을 번영시킬 마음을 했다면 까다롭더라도 따라야 될 절차는 따라야 돼. 그런 것에 익숙하지는 않겠지만 언제까지 어리광을 피울 수는 없지 않겠어?"

어리광이라는 단어가 거슬리면서도 상황에 잘 들어 맞는 다고 생각했다.

하지만 정작 입 밖으로 튀어나온 말은 생각과는 정 반대의 것이었다.

"그런 왕의 권한을 가져간 의회야 말로 역적이겠군요."

룬의 촌철살인에 토레논은 무어라 대꾸할 말을 찾을 수 없었다.

룬은 완전히 침대에서 내려왔다.

"어딜 가려고?"

"리오도르님을 만나보려고요."

"리오도르는 왜?"

"기사단 등록 때 망신을 안 당하려면 준비를 해 두어야지요."

"리오도르가 도움이 될까? 오히려 반대일 텐데?"

"몰라요. 그냥 인사도 할 겸 겸사겸사 다녀올래요."

룬은 거처를 나갔다. 가드들은 더 이상 룬을 제지하지 않았다.

"도움이라……."

룬의 뒷모습을 보며 토레논은 그렇게 중얼거렸다.

❖

"오랜만이로군."

리오도르는 손자를 보듯 인자하게 웃었고 룬은 그를 보자 편안하면서도 미안한 마음이 동시에 들었다.

"예. 그 동안 찾아뵙지 못해 죄송했습니다."

"마음에도 없는 말은. 정식으로 작위를 수여받는다고?"

"예."

"그 이야기를 듣고 어찌나 놀랐던지."

"제가 가문을 이어받을 거라고 누가 생각했겠어요. 여기에 와 있는 저조차 얼떨떨한데 다른 사람들은 오죽하겠어요."

동의하듯 리오도르가 피식 웃었다.

"가문의 수장이 바뀌면 왕실에 기사단등록도 다시해야 되겠군."

베르난도백작시절에도 등록을 한건 아니었지만 중요한

사항은 아니었다.

"예. 그렇지 않아도 토르기사단원들도 바르텐시에 머물고 있어요."

"이번 기사단등록은 왕위계승과 맞물려 꽤나 번거로워질거 같던데."

"예. 여러 가문이 모여 축제형식으로 진행된다고 하더군요."

"쯧쯧. 보나마나 자신의 기사단의 우월함을 뽐내려 혈안이 될 텐데. 그건 순수한 목적이 아니야."

리오도르가 못마땅한 듯 고개를 내저었다.

"기사단등록을 하려는 사람들이 많나요?"

"이번 사건으로 인해 신진 세력들이 대거 등장했어. 헤지스백작이나 롱바텀백작을 비롯해 꽤나 세가 강했던 자들이 허물어 졌으니 그 빈자리를 찾이할 새로운 자들이 나타난 거지."

못마땅한 얼굴을 하던 리오도르는 화제를 바꾸려는 듯 다시 인자한 얼굴로 돌아왔다.

"그래, 아카데미에 다시 들어 올 마음은 없고?"

질문을 던지는 리오도르의 말투가 가볍다. 룬에게 벌어진 일련의 사건들을 모르는 눈치였다.

"예."

"하긴, 한 가문을 이끄는 것은 쉬운 일이 아니지. 근래

에만 몇 번을 제자들이 꽃피우는 것을 보지도 못하고 떠나 보네는구만."

리오도르가 입술을 우물우물 거리며 못마땅한 얼굴을 했다.

"그래, 기사들이 바르텐시에 있다고? 내가 한 번 볼 수 있을까?"

"그렇지 않아도 한 번 봐주십사하고 있었어요."

"끌끌. 내 제자가 이끄는 기사단을 보게 되는군."

리오도르는 감회가 새로운 모양이었다. 여러 제자를 키워본 그였지만 그들이 다시 기사단을 이끄는 걸 보는 건 자식이 또 그 자식을 낳아 자신의 품에 안겨주는 것만큼이나 기쁜 일이었다.

룬은 바르텐시 어느 여관에서 묶고 있는 토르기사단을 데리고 리오도르에게 갔다.

"안녕하십니까. 토르기사단의 단장을 맡고 있는 플리에오르라고 합니다."

플리에오르는 한껏 예를 갖추어 리오도르에게 인사했다. 연배로 보나 주군의 교관이라는 신분으로 보나 상하관계는 명확했다.

"반갑습니다. 지난 날 이 친구의 검술교관을 맡았던 리오도르라고 합니다."

리오도르가 악수를 청하자 플리에오르는 감회가 새로웠다. 토레논과 더불어 왕국 최고의 검수가 손을 내미니 가슴이 두근거렸다.

“들어 아시겠지만 여러분들을 이렇게 모신 건 미약하나마 제가 도움이 될 수 있을까 싶어서였습니다. 이 친구의 능력이야 몸소 가르친 본인이 가장 잘 알지만, 왕실에서 평가하는 기준은 그것과는 엄연히 다른 것임을 아실 겁니다. 그러니 너무 기분 나빠 하지 마세요.”

“아닙니다. 오히려 이렇게 불러주시니 영광일 따름입니다.”

“후후. 그렇다니 다행입니다.”

리도오르는 주변을 훑으며 기사단을 살폈다. 외관상 드러난 모습은 형편없었다. 질이 좋지 않아 보이는 갑옷에 체격도 그럭저럭이다. 그나마 위안거리가 있다면 눈빛이 살아 있다는 점이다.

‘단순히 그것을 넘는 무언가가 있군.’

그것이 토르기사단에 대한 첫인상이었다.

씨익-.

리오도르가 웃었다.

“자, 그럼 오와열을 맞춰 서주십시오. 아시겠지만 정식 기사단 작위를 받기 위해서는 몇 가지 절차를 밟아야 합니다. 그 중 하나가 검술심사인데 심사는 다시 연무와, 대련

두 가지로 나눠집니다."

리오도르가 말을 시작하니 토르기사단의 얼굴에 긴장감이 서렸다.

왕궁 최고의 아카데미 그래플. 그곳에서도 최고의 교관으로 손꼽히는 리오도르. 그에게 직접 검을 하사받으니 어찌 긴장이 되지 않을 수 있겠는가.

"대련이야 봐줄게 없지만 검무는 심사관의 입맛에 맞게끔 제가 지도를 해줄 수 있 수 있을 거 같습니다. 그 전에 우선 베르난도백작가의 검술을 봐야 하니 대표로 시범을 보여주실 분계십니까?"

플리에오르가 기사단을 훑었다. 마땅한 사람이 없었다. 하긴, 애초에 우리 중에 왕국 최고의 교관의 눈에 차는 인물이 있을 리 없지. 그렇게 생각한 플리에오르는 지원자를 선출했다.

모두가 눈치만 보고 있는 가운데 레이센드가 손을 들고 앞으로 나섰다.

"레이센드라고 합니다."

"반갑습니다."

"그럼 미약하지만 선보이겠습니다."

리오드르가 고개를 끄덕이자 레이센드가 검술을 펼치기 시작했다.

바람 소리와, 칼부림 소리, 레이센드의 기합 소리가 장내를 울려댔다.

레이센드는 본인의 시범에 만족하지 못했지만, 실은 평소때 보다 나은 모습을 보여주었다.

시범이 끝나자 리오도르가 박수로 화답했다.

"잘 봤습니다."

"어떻습니까?"

플리에오르가 조심스럽게 물었다.

"세상에는 실질이 없는 형식도 있습니다. 아쉽게도 제 기준으로는 도저히 이해할 수 없지만 기사단의 심사에서도 그러한 것들이 있습니다. 레이센드님의 검술은 훌륭했습니다. 형식에 얽매이지 않고 실전적이며 오랜시간 발전을 거듭해 온 것이 느껴졌습니다. 제 기준으로는 합격입니다. 하지만 심사단의 기준으로는 조금 힘들거라는 게 제 생각입니다."

플리에오르의 얼굴에 실망감이 서렸다.

"그래도 걱정하지 마십시오. 미약하지만 제 도움이면 그들이 원하는 허울을 채워줄 수 있을 거 같습니다."

"그게 정말입니까? 하지만 이 짧은 시간에 어찌……."

"그러니 실질 없는 허울이라 하는 겁니다. 만약 그들이 진정한 검술의 의미를 본다면 절대 하루아침에 가능할리 없겠죠. 물론 그랬다면 레이센드님의 검무는 합격일테지만요."

말을 하는 리오도르의 어투에는 현재 심사에 대한 모종의 불만이 담겨 있었다.

리오도르는 룬에게 다가왔다.

"가문 고유의 검술을 수정해야 되는 일인데 괜찮겠나?"

"예."

"그럼 자네가 시범을 해줄 수 있겠나?"

"제가요?"

"직접 하는 건 조금 그렇겠지?"

"아뇨, 그렇진 않은 데 굳이 제가 할 필요가 있을까 싶어서요."

"아무래도 나한테 배운사람이 하는 게 좀 더 나을 거 같아서 말이야. 이제 내 제자도 아니고 한 기사를 이끄는 군주이니 체면을 생각해주고 싶지만 그러기에는 시간이 부족하거든."

"그럼 기꺼이 하겠습니다."

룬은 기사단과 리오도르의 중간에 섰다. 그리고 기사단을 향해 상황을 설명한 뒤 검무를 펼치기 시작했다. 룬에게서 베르난도백작가의 고유 검술이 실현 되었다.

"그만."

리오도르가 룬을 멈춰 세웠다.

"이 부분을 좀 수정하는 것이 좋겠어."

"이 부분이요?"

룬이 방금 한 동작을 다시 해 보았다.

자세를 낮추고 검을 내지른 뒤 곧바로 검을 회수하는 동작이었다.

"심사관들은 낮은 자세를 좋아하지 않아. 당당한 기사의 위용에 반하는 행동이라 생각하기 때문이지. 물론 자세를 낮추면 조금 더 빠른 공격과 회수, 그리고 방어가 가능하겠지만 심사는 그런 것들에 큰 비중을 두지 않아. 내가 일러준 검법 1장과 결합하면 알맞을 거 같군."

"음."

룬은 이전에 배웠던 것을 상기했다. 그리고는 방금의 동작과 그 동작을 접목시켰다.

낮췄던 자세를 높이고 당당하게 찌르고, 잽싸게 회수했다. 그리고 한 바퀴 돌며 허공에 검을 그었다. 여기에 그치지 않고 다음동작까지 아예 다른 것으로 해석해버렸다.

"좋군."

짧은 한 마디였다. 그러나 그는 내심 그 짧은 사이 완벽하게 두 검술을 접목시킨 룬의 재능에 감탄했다.

감탄을 한 것은 비단 리오도르뿐만 아니었다. 플리에오르를 비롯한 기사단들 역시 마찬가지였다. 우리의 검술이 이토록 화려했었나.

"만약 네가 그저 내 제자이기만 했다면 이런 것 따위는 시키지 않았을 거야."

후했던 평가와 달리 리오도르의 얼굴은 좋지 못했다.

겉은 화려했다. 그럴 듯 했다. 하지만 룬이 펼친 검술은 예쁘기만한 꽃과 같았다.

살이 없는 검술이었다.

리오도르가 평소 가장 싫어 하는 것 중 하나였다.

그럼에도 손수 룬에게 편법을 익히게 했다.

"괜찮으십니까?"

리오도르의 마음을 이해할 수 있기에 룬의 말투는 조심스러웠다.

"뭐가?"

리오도르는 모르는 척 했다.

"아무것도 아닙니다."

룬도 모르는 척 했다. 자신을 쇠심줄 같던 자존심을 꺾었다.

그것을 알기에 룬은 가슴이 찡 했다.

룬은 계속 검술을 펼쳐 나갔다.

그러다 리오도르가 멈추어 세웠고 그때마다 수정사항을 이야기 해줬다.

룬은 단번에 리오도르의 말을 알아 듣고는 곧바로 자세를 수정했다.

총 10군데의 자세를 수정했다.

전체적으로 낮은 자세를 높게, 작은 동작들을 크게, 바닥을 엎드리거나 손으로 넘는 것들을 과감하게 생략하는 것이었다.

그렇게 완성하여 룬이 최종적으로 검술을 펼쳐 보였다.

화려한 꽃과 같이, 강할 때는 태풍 같은, 빠질 때는 유연하게.

한폭의 그림과 같은 검무가 이어졌다.

뒤이어 기사단원들의 검무가 시작 되었다. 룬과 리오도르는 그들이 하는 것을 지켜보다 틀리는 부분이 있으면 지적해 주는 방식으로 지도를 해나갔다.

근본은 베르난도백작가의 검술이었기에 생각보다 빨리 수정된 검술을 익힐 수 있었다.

"여러분들이 익힌 검술은 오직 기사단등록을 위한 것일 뿐입니다. 심사에 통과하기 전까지는 정통검술을 익히듯 열심히 하셔야 되지만, 그 후에는 깨끗이 잊어야 합니다."

"하지만 저는 오히려 이게 더 좋아 보이는 데요? 힘이 덜 드는 것 같으면서도 빠르고 역동적이며 화려하기 까지 하니 이보다 더 좋을 수가 없을 거 같습니다. 왕국 최고의 검술교관이라더니 역시 명불허전입니다."

레이센드가 말했다.

룬은 그에게 다가갔다. 그리고 다짜고짜 검을 꺼내 그를 향해 뻗었다.

레이센드가 움찔하며 룬의 검을 막았다.

"왜, 왜……."

"지금 본인의 자세가 보이십니까?"

"……?"

레이센드는 어리둥절하며 자신의 자세를 보았다. 잔뜩 움추려든 상태로 룬의 검을 막고 있었다.

"볼품없는 모습이죠? 하지만 이거야 말로 인간의 본능을 가장 잘 표현한 동작입니다. 당당하게 가슴을 피고 적의 공격을 막는다? 그것은 이야기책에서나 나오는 환상입니다."

레이센드의 얼굴은 죄를 지은 학생과 같이 되었다.

"방금 동작을 상기해 보십시오. 본능적인 행동이기는 하지만 어딘지 익숙치 않습니까? 고양이가 적으로부터 자신을 보호하기 위해 잔뜩 긴장하고 있는 모습. 베르난도백작가의 검술입니다. 이처럼 본능과 일치 할 때 좋은 검술이 되는 겁니다."

물론 룬은 검술에 대해서는 잘 몰랐다. 이는 이전에 사부가 한 이야기와 리오도르가 해준 이야기를 현 상황에 맞게 각색한 것이었다.

"그럼 왕국 최고의 교관인 리오도르님께서 오직 심사를

통과할 목적으로 검술을 수정하셨다는 말씀이십니까? 편법적인 수법인걸 알면서도요?".

"그렇습니다. 그리고 그에 대해 큰 자괴감에 빠져계시기도 하지요. 그러니 심사 때까지는 최대한 익히고, 그 뒤로는 깨끗이 잊어야 합니다. 그것이 본인의 가치관을 저버리면서까지 저희를 도와준 리오도르님에 대한 예의입니다."

그 말을 듣던 기사단은 숙연한 얼굴이 되었다.

그때 연무장의 문이 열리면서 누군가가 들어왔다.

"이런 벌써 시간이 이렇게 됐군. 소개 하지. 내 새로운 특기생일세. 너도 익히 알고 있는 얼굴일 거야."

그녀는 점점 더 가까이 왔고 마침내 얼굴을 알아 볼 정도가 되었다.

"신디아님?"

생각지도 못하고 있던 터라 룬은 어정쩡한 자세가 되었다.

"안녕하셨어요."

그녀는 룬과 리오도르를 거의 동시에 바라보며 인사했다.

"오셨습니까. 내 시간이 이렇게 흐른 것도 모르고 너무 열중을 했군요. 이왕 이렇게 된 거 오늘 수련은 접고 둘이서 회포나 푸시는 건 어떻습니까."

"리오도르님께서만 괜찮으시다면요."

"그럼 이 늙은이는 이만 빠져 드리겠습니다."

그는 평소 근엄한 모습과 다르게 신디아에게 한쪽눈을 찡그렸다.

둘만 아는 무언가가 있는 모양이었다.

"아, 그리고 두 시간 정도는 이곳을 더 사용해도 되니 번거롭게 어디 갈 필요 없이 여기서 수련을 마무리 짓도록 해."

그 말을 끝으로 리오도르는 룬이 뭐라 말할 새도 없이 장내를 빠져 나갔다.

"그래플에 왔으면서 얼굴도 한 번 안 비치시나요?"

그녀는 지난날 무슨 일이 있었는지 모두 잊은 사람처럼 반갑게 룬에게 인사를 했다.

"아…… 워낙 경황이 없어서. 이곳에는 어쩐 일로……."

"방금 리오도르님이 하신 말씀 못 들으셨어요?"

"아, 그렇죠. 특기생……."

흠흠……

둘이 대화를 하는 데 노골적인 헛기침 소리가 들려왔다. 그 소리의 의미를 깨닫는 데 그리 오랜 시간이 걸리지 않았다.

"아. 이분은……그러니까."

"안녕하세요. 룬님의 아카데미동기이자 친구인 이자벨

리아라고해요."

"반갑습니다. 저는 토르기사단의 단장 플리에오르라고 합니다."

대답을 하는 플리에오르는 이자벨리아라는 이름이 어딘가 낯설지가 않았다.

'이자벨리아…… 이자벨리아…….'

어디서 들었더라?

–아버지 그 이야기 들으셨어요? 왕궁에 사는 공주의 미모가 얼마나 대단하냐면 그녀의 붉은 머리만 봐도 남자들은 메두사를 본 것 마냥 얼음이 돼 버릴 정도래요. 저는요. 꼭 훌륭한 기사가 돼서 공주님을 보호하는 근위대가 될 거에요. 예? 이름이 뭐냐고요? 이자벨리아 르니에르요. 이름도 이쁘죠?

붉은 머리. 이야기책에서나 나올법한 아름다운 외모. 그리고 이자벨리아.

"서, 설마…… 공, 공주……."

"예. 제가 왕국의 하나뿐인 레이디 르니에르입니다."

플리에오르의 신형이 급격히 꺼지며 한쪽 무릎이 바닥에 닿았다.

"베르난도백작의 검 플리에오르가 공주님을 뵈옵니다. 부디 무례를 용서해 주십시오."

신디아에 넋을 놓고 있던 기사들이 사태를 파악하는 데

그리고 오랜 시간이 걸리지 않았다.

마치 약속이라도 한 것처럼 기사들의 신형이 바닥으로 꺼졌다.

"그만 일어나세요. 오랜만에 친구를 보러온 것뿐인데 이렇게 죄인마냥 무릎을 꿇으시면 제가 곤란해지잖아요."

플리에오르는 신디아를 지나 룬을 곁눈질 했다. 룬이 일어나라고 손짓을 했다. 그러면서 신디아에게 귓속말로 말했다.

'이제는 더 이상 신분을 숨기지 않으시는군요.'

신디아는 작게 고개를 끄덕였다.

플리에오르가 일어나자 기사들이 줄지어 일어났다.

룬은 기사들의 경외감 어린 시선을 느꼈다. 그 시선에는 인정을 넘어 존경의 빛이 서려 있었다.

룬은 이들에게 군주로써 인정받기 위해 힘쓴 지난날을 떠올렸다. 처음 뉘 집 개마냥 보던 이들이 신디아와 친구라는 사실이 존경의 눈빛까지 보내다니…….

섭섭한 한편 이들의 마음도 이해가 되었다. 못난 남자는 홀로 있을 때는 못난이지만 미녀가 옆에 때는 능력 있는 남자로 보여 진다.

아름다움이 주는 힘이란 무능력을 능력으로 바꿀 만큼 대단한 것이었다.

"저는 손님이 오셔서 이만 먼저 가 볼 테니 플리에오르님이 계속 맡아 진행해 주세요. 두 시간 동안은 더 사용해도 된다고 합니다."

"예…… 벌써 가시려고요?"

플리에오르의 음성에서는 진한 아쉬움이 묻어났다.

"검소리가 나는 연무장에서 이야기를 나눌 수는 없지 않습니까?"

"쩝, 그건 그렇지만……."

"왜요? 그것도 나름 낭만 있는 거 같은데요. 그리고 아직 제대로 소개도 안 시켜 주셨잖아요."

눈치 없게 신디아가 끼어들었다.

"굳이 그러실 필요는 없습니다."

"저는 그러고 싶은데요?"

하면서 그녀는 플리에오르에게 다가갔다.

"다시 한 번 인사드릴게요. 공주가 아닌, 룬님의 친구 신디아라고 해요. 이자벨리아는 공주, 신디아는 평범한 아카데미 생이죠."

조금 뚱딴지같은 소리였으나 워낙 정신을 바짝 차리고 있던 터라 금세 알아 들을 수 있었다.

"저도 다시 인사드리겠습니다. 토르기사단의 기사단장 플리에오르입니다. 이렇게 주군의 친구를 뵙게 되어 영광이 따로 없습니다."

"저분들이 단원들인가요?"

"그렇습니다."

플리에오르는 신디아에게 단원들을 소개시켜주고 싶은 마음이 굴뚝 같았다.

하지만 한껏 눈을 치켜 뜨고 있는 룬을 보니 그럴 엄두가 안 났다.

그런데 그때 눈치 없는 몇 명이 쪼르르 다가왔다.

"헤헤. 반갑습니다. 레이센드라고 합니다."

그의 얼굴에는 긴장한 기색이 역력했다.

그러면서도 헤벌레 하는 모습이 가관이었다.

"반가워요. 공주이기 이전에 룬님의 친구이니 앞으로 마주치게 되면 편안하게 인사하세요."

"무, 물론입니다."

레이센드는 감히 신디아의 얼굴을 똑바로 보지도 못하고 그녀가 내민 손을 잡았다.

룬은 이마를 탁 집었다.

"그만 가시죠."

룬은 거의 신디아를 끌고 가다시피 하여 연무장을 빠져나갔다.

그러면서 플리에오르와 레이센드를 한 껏 노려보았다.

하지만 아쉬워하는 그들의 얼굴을 보자 너무했나 싶은

마음이 들기도 했다.

연무장을 나오자 익숙한 학내의 풍경이 나타났다.

"오랜만에 아카데미식당에서 밥한끼 먹고 싶은 생각이 드는군요."

"그리로 갈까요?"

사실 신디아는 이미 식후였다.

룬은 고개를 끄덕이며 식당으로 움직였다.

"그때 일은 어떻게 된 건가요?"

"작은 헤프닝같은 거였습니다."

"왕실근위대가 움직였는데 작은 헤프닝 정도는 아니죠."

"정 그렇게 궁금하시면 왕자님께 물어보세요."

"그 목석같은 작자가 순순히 얘기를 해줬다면 이렇게 물어보는 일은 없었겠죠."

"왕자님께서 말씀하지 않으셨다면 저도 할 수 없습니다."

"이러깁니까?"

신디아가 눈을 치켜 떴다.

"어쩔 수 없습니다."

"하여간 남자들이란……."

그녀는 토라진 얼굴을 하였다. 하지만 이내 방긋 웃었다. 룬에게 그 이유를 들을 수 없을 거라는 건 어느 정도

짐작한 바였다.

근위대가 움직인 건 의회에조차 보고되지 않은 일이었다. 당사자만 아는 극비의 이유라는 것이다.

그녀 역시 얼떨결에 그 일에 당사자가 되긴 했지만 굳이 내막을 꼬치꼬치 캐묻고 싶은 생각은 없었다.

"다음부터는 그런 일이 있어도 도와주지마세요."

잠시간의 정적이 흘렀다.

자신의 선의가 부정당했다고 생각한 것일까. 신디아의 얼굴이 좋지 못했다.

하지만 기분이 나쁜 것처럼 보이지는 않았다. 그보다는 오히려 서글퍼 보였다.

"왜요? 제 도움이 부담스럽기라도 한 건가요?"

"그건 아닙니다."

"그럼요? 저와 거리라도 두고 싶으신 겁니까."

그 말이 더 없이 딱딱하게 느껴졌다.

"룬님이 뭐라든 다음에 그런 상황이 오더라도 저는 똑같이 행동할 거예요."

조금은 악에 받친 대답이었다.

"걱정돼서 드리는 말입니다."

룬이 괜스레 머리를 긁적였다. 그냥 걱정해서 한 말 가지고 이렇게 사람을 무안하게 할 필요는 뭐람.

"정 그렇게 걱정되시거든 다음부터는 그런 상황자체를

만들지 마세요."

듣고 보니 맞는 말이기는 했다.

또 신디아의 기세가 워낙 등등했기에 그냥 수긍하기로 했다.

"그러려면 힘을 길러야 되겠군요."

룬이 팔을 구부려 알통을 만드는 시늉을 했다. 팔 근육이 비치는 시원한 옷이 아니었기 실제로 보이는 거라고는 옷에 접히는 주름이 전부였다.

그녀는 그만 웃음을 터트리고 말았다. 덕분에 무거워 지려는 분위기가 한결 가벼워졌다.

"공주로써 생활은 어떠십니까?"

"그럭저럭 나쁘지는 않아요. 어디든 마음대로 나갈 수 없고, 늘 누군가 따라다니며, 귀찮은 치장을 해야 하지만요."

"오늘은 그 모든 것에서 자유로워보이시는군요."

신디아가 고개를 끄덕였다.

"일탈이라고 해두죠."

"그래서 결국 좋은 점은 없는 건가요?"

"좋은 점이라…… 누군가를 속이고 있다는 죄책감에서 벗어나는 정도랄까요."

룬은 신디아의 표정이나 어투에서 현재 삶에 만족하지 못하고 있음을 느꼈다.

"그냥 현실을 받아 들이시는 건 어떻습니까? 신디아님에게는 에일리아님과 같은 친구가 있고, 또 아닌 척 하지만 끔찍이 생각해주는 오라비가 있지 않습니까."

"그리고요?"

"무례한 저도 있군요."

다행히 그 말이 조금이라도 위안이 되는 지 신디아가 피식 웃었다.

"만약 저를 아카데미생이 아닌 공주로 처음 봤어도 우리가 친구가 될 수 있었을까요?"

"물론입니다."

대답은 곧바로 나왔다.

신디아는 친구라는 그 단어가 거슬렸다.

그 정도로는 이 답답한 마음을 완전히 떨칠 수 없었다.

"그럼 친구가 아니라 다른 관계는요?"

"다른 관계요?"

룬이 고개를 갸웃했다.

"모르는 척 하는 건가요, 정말 모르는 건가요. 여자가 이 정도 눈치를 줬으면 이제 알 때도 됐지 않았나요. 대체 얼마나 더 확실하게 말해야 아실건가요."

"음."

가벼워졌던 분위기가 다시 무거워졌다.

룬은 한참을 망설이다가 마침내 말했다.

"우리는 좋은 친구지만 그 이상은 될 수는 없을 겁니다."

청천병력과도 같은 말일 테나 신디아의 얼굴은 의외로 평온했다.

이미 어느 정도는 예상하고 있던 것이다.

"어째서죠."

"신디아님은 에일리아님과 친구이지 않습니까."

에일리아 역시 룬을 마음에 품고 있다는 것은 익히 알고 있었다.

그래서 포기할까도 생각했다.

하지만 그럴수록 머리에 더 또렷이 떠올라 그럴 수 없었다.

"그런 거 말고요. 저는 모든 상황을 떠나 룬님의 마음만 듣고 싶어요."

에일리아를 생각하면 이래서는 안 되는 걸 안다. 하지만 이미 시작 한 일, 독하게 마음을 먹었다.

룬은 더 이상 피하기만 해서는 안 될 일이라는 것을 깨달았다.

"잘 모르겠습니다. 신디아님이 좋은 건 사실입니다. 하지만 그게 남녀 간의 감정인지 그저 좋은 친구인지는 잘 모르겠습니다. 만약 신디아님이 공주가 아니라 그래서 쉽게 만나고 헤어질 수 있는 사이라면, 어쩌면 받아들였을지도 모릅니다. 하지만 그럴 수 없다는 걸 아시지 않습니까."

"결국 룬님도 다른 사람들과 다를 게 없군요. 오히려 그들 보다 더 나빠요. 그들은 최소한 위선을 떨지는 않으니까요."

말은 그렇게 했지만 그건 사실이 아님을 그녀 역시 알고 있었다.

"당신은 정말 나쁜 사람이에요. 여자로 하여금 기어코 자존심을 굽히고 고백하게 만들어 놓고는, 결국 받아주지도 않을 거면서…… 그럴 거면서……."

그녀는 말을 잇지 못했다.

룬은 그녀에게 위로가 필요할 거라고 생각했지만 어떻게 해야 할지 갈피를 잡지 못했다.

지금이라도 끌어안고 어깨를 토닥거려줄까?

아니다.

어차피 마음을 받아 줄 수 없다면 오히려 그녀에게 더한 고통만 안겨줄 것이다.

룬은 결국 침묵을 고수했다.

"저는 먼저 가봐야 겠어요. 식사는 다음에 하도록 하죠."

룬은 멀어져 가는 그녀를 향해 손을 뻗었지만 잡지는 않았다.

'그래. 잘 된 거야. 그녀는 에일리아님의 친구잖아. 둘의 우정을 내가 망쳐서는 안 돼.'

룬은 아주 그럴 듯 한 핑계를 대며 자신을 위로하고 있었다. 그렇게 룬은 자신의 감정으로부터 다시 한 번 도망치고 있었다.

NEO FUSION FANTASY STORY & ADVANTURE

LINE

제 7 장

바론

제 7 장
바론

십여명이 앉을 수 있는 둥근 원탁 위는 심플했다. 중앙에 민무늬의 화병에 르니에르 왕국을 상징하는 꽃 하나고 꽂혀 있는 게 전부였다.

문을 열면 바로 보이는, 어디가 중심인지 알 수 없는 이 원탁 한 자리에 데이미안 왕자가 앉아 있었다. 그를 중심으로 그 좌우에 토레논공작을 비롯하여 바르텐시의 열두 귀족이 자리했다.

그리고 이 둥근 원탁에 어울리지 않는 한 사람도 존재했다.

바로 룬이었다.

"오늘 의회는 루텐영지의 새로운 영주의 자격을 심사하

기 위해 개최되었습니다."

좌중을 살피던 데이미안이 엄숙한 목소리로 말했다. 평소에도 근엄함이 배어 있는 그였지만, 의회에서는 더더욱 빈틈이 없어 보였다.

영주의 선임권한이 의회에 넘어간 건 데이미안의 입장에서 상당히 달갑지 않은 일이었다. 그럼에도 그런 티가 전혀 나지 않았다.

어렷을적부터 감정을 드러내지 않도록 교육받은데다 원래 성격자체가 그러하기도 했다.

"영주의 자격은 크게 두 가지를 보아 왔습니다. 영지를 이끌어 나갈 인재인지 또 그로 말미암아 이 나라에 얼마나 도움이 될 수 있는지. 의회 여러분들께서는 그 점을 참고하시어 루텐영지의 새로운 영주를 평가하여 주시기 바랍니다."

그럴 듯 한 말이나 왕실에 많은 공납을 할 수 있느냐와 직결되는 말이기도 했다. 사실 최초로 영주가 선임되면 그의 장자가 거의 관습적으로 이어왔다. 영주선임이란 거의 형식적인 절차에 지나지 않았다.

하지만 이제 선임권한은 의회로 넘어가 버렸다. 의회구성원의 이해관계를 더 따져야 할 판이었다.

"저는 저자가 루텐영지를 맞을 자격이 없다고 생각합니다."

운을 띄운 자는 훈텐백작이었다. 그는 원래 의회의 일원이 아니었으나 이번 제국과의 사건으로 단번에 권력의 중심에 오른 인물이었다.

특히 그가 이끄는 새로운 기사단의 활약은 대단했는데 그 중심에는 첸이라는 존재가 있었다.

"왜 그렇게 생각하십니까?"

데이미안이 물었다.

"전통적으로 가문의 뒤를 잇는 건 장자의 몫이었습니다."

"하지만 그는 이미 유명을 달리했습니다."

"그렇다면 둘째인 호드만군이 가문의 뒤를 잇는 것이 맞다고 봅니다."

"그는 영악하고 셈이 빠르기는 하나 한 가문을 이끌어 가기에는 부족한 인물입니다. 또한 여태껏 장자가 가문의 뒤를 이었던 것은 관습일 뿐 법으로 정해진 것은 아니었습니다."

토레논공작이 훈텐백작의 말을 반박했다.

"그렇다면 저자에게는 자격이 있음을 어찌 증명할 수 있습니까?"

"룬님께서는 왜 본인이 루텐영지의 영주가 되어야 하는지 설명해 보세요."

데이미안이 말했다.

룬은 곧바로 말하지 않고 좌중을 잠시 훑어보았다. 대체 이런 것이 무슨 의미가 있을까.

의회에서 영주를 선임한다?

대체 이 원탁 안에서 몇 마디 말로 자격이란 걸 어찌 판단한단 말인가.

결국 영주를 본인들의 입맛에 맞는 사람으로 뽑으려는 술수일 뿐이지 않은가.

"그 전에 묻고 싶은 것이 있군요. 영주의 선임은 왕의 고유 권한입니다. 그런데 어찌하여 제가 이 자리 나와 그런 설명을 해야 하는 겁니까?"

훈텐백작을 비롯해 그를 지지하는 귀족들의 입에서 불편한 소리가 나왔다. 그럴 듯 한 말로 포장을 해보지만 본질은 결국 권력암투라는 것을 그들도 잘 알고 있기 때문이리라.

하지만 정치는 명분을 중시하고 이들은 그럴 듯 하게 포장을 하는 데 이골이 난 사람들이었다.

"흠흠. 그건 아직 데이미안님께서 정식으로 왕위에 오르지 않았기 때문이라오. 데이미안님께서 왕의 모든 업무를 일임 받으셨긴 하나 권한을 행사하는 것과는 별개의 문제라오. 왕자님이 모든 걸 일임받았다고 하여 왕이 된 건 아닌것과 같은 이치인 것이오."

그라센백작이 말했다. 그는 제국의 사절단 사건에서 훈

텐백작과 손을 잡아 공을 세움으로써 단번에 세력을 확장시킨 인물이었다.

물론 일각에서는 손을 잡았다기보다는 훈텐백작의 밑으로 들어갔다고 하는 사람들도 있었다.

아주 틀린 말은 아니었다.

둘의 관계가 온전히 수평적인 것으로 보기는 어려웠다.

"그저 의회에서 본인들의 입맛에 맞는 영주를 선임하고 싶은 건 아니고요?"

진실은 불편하다. 그래서 종종 입 밖으로 나오지 않는 법이다.

그리고 그것이 수면위로 올라왔을 때 지금처럼 불편한 공기가 감돌기 마련이다.

모두가 불편한 신음만 흘리고 있을 때 두어른백작이 나섰다.

"이 자리는 루텐영지의 새로운 영주를 선임하는 자리입니다. 룬님의 말은 지금 여기서 따질 사항은 아닌 듯 싶군요."

그는 원래 베르난도백작과 앙숙이었다. 그런데 이제 그의 아들까지 의회에서 나서는 꼴을 보니 기분이 영 언짢았다.

"저는 루텐영지를 대표해서 왔습니다. 그리고 저를 선

임하는 주체에 대해 따지는 게 어찌하여 저와 상관 없다고 말씀하시는 겁니까?"

룬은 두어른을 바라보았다. 두어른은 룬의 눈을 피하지는 않았지만 반박을 하지도 못했다.

"룬이라고 했나요?"

잠시간 정적이 흐르자 훈텐백작이 나지막하게 말했다.

"아직 나이도 어리고 외진 곳에서만 있어 세상물정을 잘 모르는 것 같은데…… 좋습니다. 왜 의회에서 당신을 선임해야 하는 지 설명해 드리지요."

그는 말을 하기 전 품에서 개인용 물통을 꺼내 물을 마셨다.

수시로 물을 마시는 건 그의 오래된 습관 중 하나였다.

"말했듯 영주는 왕이 선임을 했습니다. 하지만 선임을 한다하여 상하관계라고 단정 지을 수는 없어요. 왕은 영주를 선임하고 영주는 왕에게 영지의 열매를 제공하는 대가관계인 셈이지요."

훈텐은 다시금 물을 한 모금 마셨다.

"우리는 제국의 일로 많은 희생을 치렀습니다. 그리고 우리는 그 대가로 영주의 선임권한을 받은 것입니다. 물론 아직 어린 당신의 눈에는 이 모든 것들이 불합리적으로 보일 수도 있습니다. 아쉽게도 저는 당신에게 냉혹한 현실에 대해 인지시킬만한 능력은 없어요. 하지만 이건 분명하죠. 당신이 받아들이든 말든 이것이 현실이며 바뀌는 것은 없다는 것을 말이죠."

훈텐백작이 룬을 똑바로 바라보았다.

"물론 왕실에 대한 순수한 충정마저 무시하는 건 아닙니다."

순수한 충정이라?

룬은 피식 웃었다.

"오해를 하고 계시는군요. 저는 단지 저를 단지 여러분들이 저를 심사하는 것이 마음에 들지 않았을 뿐입니다."

룬은 천천히 자리에서 일어났다. 좌중의 시선이 룬에게 집중 되었다.

"브농후작님의 독살하여 왕국을 집어 삼키려는 제국의 계획을 간파하고 헤지스백작과 같은 배신자의 존재에 대해 왕자님에게 언질을 한 것이 저입니다. 제가 아니었다면 여러분들은 공을 세울 기회조차 얻지 못했을 겁니다. 공을 세운 대가라고요? 그렇다면 오히려 여러분들이 저를 심사하는 것이 아니라, 제가 여러분들을 심사해야 되겠군요."

그 말의 여파는 꽤 컸다. 웅성웅성거리는 소리가 꽤 크게 장내를 울려댔다.

"그게 사실입니까?"

훈텐백작이 분위기에 휩쓸리지 않고 데이미안에게 물었다.

“그렇습니다. 제국의 계획을 간파하고 배신자의 존재를 암시하는 것을 제게 일러준 것이 바로 그입니다. 본인이 공을 널리 알리길 바라지 않기에 조용하게 처리하려 했습니다. 물론 의회에는 한 번 알린 적이 있습니다. 지금처럼 구체적으로 공론화 되지는 않았지만요.”

장내의 웅성거림이 더욱 심해졌다. 이 말대로라면 심사를 하기는커녕 오히려 더 큰 것을 내노라 해도 막을 명분이 없는 상황이었다.

그들이 최악으로 생각하고 있는 건 룬이 본인들과 같이 의회의 구성원으로 참여하는 것이었다.

“제가 더 이상 심사를 받아야 할 이유는 없는거 같군요.”

침묵. 원치 않는 상황을 받아들여야 할 때 나오는 침묵이었다.

“룬님의 공은 인정할만한 것입니다. 하지만 우리의 힘이 없었다면 제국의 계략을 간파한 것 역시 무용지물이 되었을 겁니다. 의회에서 룬님의 작위를 심사할 권리가 없음을 인정하나, 이는 어디까지나 룬님에 한할 것입니다.”

결국 룬의 작위는 인정하나 영주를 선임할 권한은 여전히 의회에 있다는 강경한 의사표시였다.

의회는 그렇게 끝이 났다. 룬은 베르난도백작이 살아 있는 관계로 자작의 지위를 하사 받았고, 베르난도백작이 승하할 시 자동적으로 백작이 되는 것으로 결정 났다.

"검을 업으로 한다죠?"

훈텐백작이 장내를 나가려던 룬을 향해 말했다.

그는 룬을 처음 보았다. 간혹 지나가는 이야기로 들은 적은 있었다.

루텐영지라는 별 볼일 없는 집안의 거기서도 인정받지 못하는 망나니가 그래플아카데미에 입학한 것도 모자라 아틀란드와 호각지세를 벌였다는 이야기.

호사가들이 딱 좋아할 만한 스토리였다.

그렇기에 훈텐백작은 그런 이야기를 듣고도 그냥 한 귀로 흘렸다.

대게 이런 이야기는 입에서 다른 입으로 갈수록 눈덩이가 불어나는 것처럼 와전되기 마련이다.

그 생각에는 여전히 변함이 없다. 다만 그는 자신이 두 눈으로 확인한 모습은 믿었다.

"차라리 정치를 했으면 잘했을 거 같군요."

그것이 룬을 처음 본 훈텐백작의 생각이었다.

물론 진정 정치에 자질이 있는 자라면 이 자리에서 좀 더 많은 것을 얻어 갔을 것이다. 하지만 자질을 떠나 그냥 욕심이 없는 것이라 결론지었다.

정치라…… 룬은 되도 않는 말이라 생각하여 피식 웃고 말았다.

"이번에 미스릴광산이 채굴을 시작했다죠? 아시겠지만 미스릴은 귀한만큼 유통이 그리 쉬운 광물이 아닙니다. 필요로 하는 사람을 많지만 구입할 수 있는 능력이 되는 사람은 많지 않기 때문이죠. 혹시라도 마땅치 않으면 연락하세요. 내 도움이 될 수 있을 테니."

룬은 대답대신 뜬금없는 말을 했다.

"첸이라는 자는 잘 지냅니까?"

훈텐백작의 얼굴에 궁금증이 서렸다. 첸이야 이제 유명한 인사가 되어 모르는 사람이 없지만, 개인적으로 안부를 묻는 건 다른 경우였다.

"누군가 대신 말을 전해 달라 합니다. 따로 그와 대면할 기회는 없을 테니 백작님께서 대신 전해 주시겠습니까? '그놈이 많이 그리워하더라.' 그렇게만 말하면 안다고 했습니다. 그럼 이만."

훈텐백작이 어리둥절해 했다. 그 짧은 말로는 무엇을 말하려 하는 것인지 의도를 파악할 수가 없었다.

훈텐백작이 무슨 반응을 보이던 말 던 룬은 그대로 장내를 빠져나갔다.

거처로 가는 길에 토레논이 보였다.

"나는 새도 떨어뜨린다고 하더니 생각보다 별 볼일 없

군요."

반은 농담, 반은 진담이었다.

그런데 토레논은 의외로 심각하게 받아들였다.

"권력이란 원래 움직이는 법이야."

군사력은 곧 권력과도 직결 된다. 토레논에게는 불새기사단이 있었고 왕국에서 제일가는 사병도 있었다. 무엇보다 왕실 직속 근위대를 제외한 병사에 대한 통솔권도 있었다.

토레논이 왕국 제일의 권력가라 불리는 이유는 개국공신의 집안이라는 명분과 바로 이런 군사력에 있었다.

하지만 이번 제국사절단 사건으로 인해 많은 수의 사병과 왕실 군사를 잃었다.

희생을 치른 반면 명예는 훈텐백작에게 대부분 돌아갔다. 특히 그가 이끄는 기사단 그 중에서도 첸이라는 인물은 독보적인 활약을 펼쳤다.

명분과 군사력이, 즉 권력이 움직이고 있는 것이다.

"골치아프게 됐어. 내가 흔들리면 왕권이 흔들리고, 결국 나라가 흔들리게 돼 있어……."

보통의 나라는 왕가와 귀족이 완전히 별개였다. 한 나라라고 하지만 그 안에서 귀족들이 각자의 지역을 담당하고 개별적으로 운영되었다.

그래서 한 사람의 권력이 나라 전체에 미치는 영향은 미비했다.

하지만 르니에르왕국은 다른 나라와 달리 바르텐시의 열두 귀족이 의회를 구성하여 나라 일을 결정했다. 물론 그 결정이 지방 귀족에게까지 강제되는 건 아니지만 바르텐은 왕국의 반 이상을 차지할 만큼 큰 곳이었다.

바르텐시가 흔들리면 나라전체가 흔들리는 것으로 봐도 무방했다.

"훈텐백작하고는 무슨 말을 했지?"

나오면서 얼핏 그와 이야기를 하는 것을 본 모양이었다.

"별 이야기 안했습니다. 그냥 저보고 정치를 했으면 잘했을 거라는 말도 안 되는 이야기를 하더군요."

"그래서?"

"그래서는 뭘 그래서예요. 그냥 웃고 넘겼죠."

별 대수롭지 않게 말하는 룬과 달리 토레논은 제법 심각해 보였다.

"내 생각도 훈텐백작과 크게 다르지 않아. 정확히 정치를 잘할 거라는 기대보다는 상황이 그렇게 흘러간다고 봐야겠지."

"……?"

"그들이 내세우는 가장 큰 무기는 명분이야. 제국으로부터 나라를 지켜냈다는 명분. 하지만 그거라면 너 또한 뒤지지 않지. 사나운 이리때들처럼 너에게 달려들던 그들이 네 이야기를 듣자 뭐에 쫓기는 의회를 끝냈어. 그들도 알고 있는거야. 그곳에서 네가 더한 요구를 한다 해도 거절할 명분이 없음을. 만약 거절한다면 영주선임권을 의회에 위임한 것 또한 부정하는 일이 될 테니까."

"제가 더 욕심을 냈어도 됐다는 말씀이신가요?"

"그래. 인지하지 못하고 있겠지만, 아니 그런 귀찮은 일을 떠맡고 싶지 않아 모르는 척 하고 있는 건지도 모르지만, 힘의 균형을 맞출 가장 핵심적인 인물이 너라는 소리야. 네가 의회에 구성원이 되는 것만으로도 그들은 많은 제약을 받을 수밖에 없어. 공신이라는 명분으로 얻어갈 모든 혜택에는 너를 포함시켜야 할 테니까. 그 반대의 경우도 마찬가지지."

"저는 그렇게 골치 아픈 것에는 관심이 없어요. 그냥 제 영지에서 그곳에 있는 사람들과 사는 것이면 충분해요."

"꼭 의회구성원이 된다고 해서 바르텐시에서 살 필요는 없어. 의회가 열릴 때마다 참석할 필요도 없지. 네 의결권을 다른 사람에게 위임하고 루텐영지에 있어도 되는 일이니까."

"작위도 받았으니 당장은 기사단등록부터 생각하고 다음에 생각해 볼게요."

"그래."

토레논은 룬이 이런 일을 얼마나 귀찮아 하는 지 알기에 더는 재촉하지 않았다.

의회에 다녀온 뒤 돌아온 거처에는 미세하지만 작은 변화가 있었다.

'편지…….'

룬은 이전에는 없었던 탁자위의 편지를 펼쳤다.

-10시. 정원으로.

짤막한 내용이었다. 보낸이가 나와있지 않지만 룬은 누가 보냈는지 짐작 할 수 있었다.

10시가 될 즈음 룬은 정원으로 움직였다.

정원은 늘 그렇듯 고요했다. 밤 하늘에는 달이 떠 있었고 풀냄새가 진동했다.

룬은 정원의 중앙으로 갔다. 이따금 궁내를 지키는 가드들이 돌아다녔다. 룬은 그들의 모습 하나하나를 유심히 지켜보았다.

하지만 룬에게 관심을 보이는 이는 한 명도 없었다.

'몇 시나 됐지?'

정원에는 마법시계가 없었다.

'휴대할 수 있는 시계가 있었으면 좋으련만…….'

하지만 그런 것이 있을 리 없었다.

휘잉.

잠시 딴생각을 하는 사이 어디선가 암기 하나가 날아왔다.

룬은 날아오는 암기를 손가락 사이에 끼워 막았다.

암기에서는 굉장한 열이 났다. 지글지글거리며 살 타는 소리가 났지만 룬의 손은 멀쩡했다.

“장난은 이쯤하고 이만 나오시죠.”

그때 암흑으로 물든 배경 사이로 복면인이 나타났다.

“나름 심혈을 기울여 준비한 것인데 너무 쉽게 막아 버리니 민망하군.”

룬은 손을 펼쳐 보았다. 암기는 흔적조차 없었다. 마법으로 만든 허상이었다.

“표정 좀 풀지. 장난 좀 친 거 가지고 너무하는군.”

고작 한 번 만난 사이, 그것도 아군보다는 적에 가까운 사이임에도 룬을 대하는 그의 태도는 장난기가 가득했다.

“쓸데없는 말은 됐고 왜 부른 겁니까?”

“왜 부르다니? 약속한 날이 되었으니 출발을 해야지. 모든 준비를 맞춰놨으니 내일 트린베니아로가는 배만 타면 돼.”

복면인은 당연한 듯이 말했지만 룬은 조금 곤란한 얼굴을 하였다.

"왜? 무슨 문제라도 있나?"

"시일을 조금 늦췄으면 합니다."

"그건 안 될거 같은데."

"왜 안된다는 거죠?

"그거야…… 지금 네 처지를 잊은 모양인데. 그렇기 여유를 부릴 상황이 아니라고."

그건 룬도 동감하는 바였다.

"바르타인공작을 보게 해주십쇼. 그와 직접 연결되는 수정구가 있을 테죠?"

"있긴 한데…… 지금은 좀 곤란해."

"좌표는 이미 설정해 두었을 테고 마나만 주입하면 되는 일 아닙니까."

복면인이 낮게 혀를 찼다.

"뭘 모르는군. 그 정도로 멀리까지 수정구를 연결 하는 건 그리 간단한 일이 아니야. 뭣도 모르는 놈들이 좌표만 설정하면 다 끝난 건 줄 알고 이상한 말을 퍼트려 댄거지."

"아무튼 어려워도 그 동안 연락을 해왔을 거 아닙니까."

"네 안목으로는 느끼지 못하고 있겠지만 남들의 눈을 속이기 위해 정원에 결계를 쳐놨어. 게다가 나는 지금 음성변조와 위장마법까지 하고 있다고. 이런 상태에서는 수정구를 연결시킬 수 없어."

“어쨌든 수정구에 문제가 있다는 건 아니군요?”

“그렇긴 하지.”

“그럼 걱정 말고 수정구나 가지고 오세요.”

복면인의 눈매가 가늘어졌다.

“내가 말했잖아. 보는 거와 달리 수정구를 발동시키는 건 쉬운 일이 아니라고.”

“알았으니까 가져다주기나 하라고요. 아니면, 제가 수정구가 있는 곳으로 갈까요?”

“말이 통하지 않는 놈이로군. 수정구를 가지고 와서 뭘 어쩌게? 네가 하기라도 하게? 하여튼 무식한 검쟁이들은 맞는 말을 해줘도 꼭 이래 고집을 부린다니까.”

복면인의 역성에도 륜은 본인의 의지를 꺾지 않았다.

“끄응. 알았다 알았어. 수정구를 가지고 오지. 단, 안되면 그냥 포기하거다?”

륜은 고개를 끄덕였다.

복면인은 나타났을 때와 마찬가지로 어둠속으로 사라졌다. 그가 사라지자 정원 주위를 교대를 하기 위해 이동중인 가드들의 모습이 보였다.

‘시야외곡마법까지 걸어 두었던 모양이군.’

완벽한 음성변조, 시야외곡마법. 게다가 제국까지 수정구를 발동시킬 수 있는 정도의 실력.

그는 못해도 5써클에 다다른 마법사였다.

왕국에 5써클이 넘는 마법사는 손에 꼽혔다.

그래플아카데미의 수석마법교관 제이미.

왕실 수석 마법사인 융커.

마법가문인 아자르백작.

아직 모습을 드러내지 않은 은거기인의 존재를 무시할 수는 없지만 복면인은 저 셋 중 하나일 가능성이 높았다.

"크흠. 여기 있네."

어느새 복면인이 다시 나타났다.

"생각보다 오래 걸리는군요."

"다른 이의 시선을 피해야 하니까."

복면인은 수정구를 룬에게 건넸다.

룬은 수정구를 건네 받은 다음 주위를 살폈다. 다시 외곡마법이 발동하여 시야를 차단하고 있었다.

피식.

룬은 드러나지 않게 웃었다. 수정구는 멀리 있는 자와 연결하는 기능을 한다. 외곡은 주위를 차단시키는 마법이었다. 당연히 외곡마법이 걸려 있는 상태에서는 수정구를 발동시킬 수 없었다.

복면인은 애초에 룬이 수정구를 발동시킬 거란 생각조차 하지 않고 있는 것이다.

위이잉.

룬이 수정구에 마나를 주입시켰다.

수정구가 푸르게 빛나기 시작했다.

빛은 한줄기 선이 되어 밖으로 날아갔다.

치이익. 종이가 구겨지는 소리가 났고 곧 수정구에서 누군가의 모습이 드러났다.

복면인은 경악을 할 수 밖에 없었다. 수정구가 발동 했다고?

마법사, 그 중에서도 최상위 마법사만이 발동시킬 수 있는 수정구가 어찌 검사의 손에서 발현된단 말인가. 게다가 지금은 외곡마법까지 걸려 있지 않은가.

그럼에도 수정구가 발동했다는 건 그 외곡마법마저 뚫을 만큼 수정구를 발동시킨 주체의 힘이 강력하다는 뜻이었다.

'말도 안 돼.'

복면인이 들리지 않게 외쳤다.

그러거나 말거나 룬은 수정구에만 집중했다.

"제가 먼저 연락하기 전까지 기다리라고 했을 텐데요."

수정구에서는 낯선 목소리가 들려왔다. 나이가 제법 있어 보였지만 세월의 풍파를 비껴간 듯 깨끗하고 정갈한 모습이었다.

"당신이 바르타인공작입니까?"

수정구에 비친 인물은 낯선 목소리에 곧 경각심을 일깨웠다.

"그렇습니다만……."

바르타인공작은 그제서야 룬을 똑바로 바라보았다.

"당신이 룬이로군요."

룬도 그를 보았다. 가끔 바르타인공작이 어떤 모습일까 상상해 보았다.

당연히 악당의 모습일거라 생각했다. 우락부락한 몸에, 얼굴 어딘가 쯤에 하나 큰 흉터가 있으며 보기만 해도 혐오감이 절로 느껴지는 모습이겠지.

하지만 수정구에 투영된 바르타인공작의 모습은 그와는 정반대의 것이었다.

기품이 있고 잘 정돈됐으며 신뢰감이 있는 모습이었다. 룬의 상상과는 너무나 동떨어진 것이었다.

그래서일까.

그를 보는 기분이 아주 묘했다.

아니, 기분이 묘한 건 그의 생김새 때문만은 아닐 것이다.

설령 그의 생김새가 상상해오던 그대로의 모습이었다 하더라도 평정심을 유지할 수는 없으리라.

"왜 연락을 한 거지요?"

굉장히 예의마른 말투였다. 목소리마저 생각했던 것과는 너무 동떨어진 것이었다. 그래서 룬은 순간 착각을 할 뻔했다.

무슨 오해를 하고 있는 건 아닐까. 잘 못 알고 있는 건 아닐까.

하지만 곧 그 생각을 접었다.

열길 물속은 알아도 한 길 사람 속은 모른다고 했다.

정갈한 저 얼굴은 오히려 가슴속의 음흉함을 감추기 위한 도구에 지나지 않을 것이다.

"말미를 좀 주셨으면 합니다."

손에 쥔 힘을 풀었다가는 당장이라도 평정심을 잃을 것 같이 위태로웠다. 당장 찢어죽여도 시원치 않을 위인에게 부탁이나 하고 있다니.

하지만 륜은 버텨냈다.

원수를 눈앞에 두고도 지나가는 누군가를 대하듯 그를 보았다.

"말미라? 무슨 일이라도 있나요?"

"예정 되었던 일이 조금 늦게 끝날 거 같습니다. 그것만 끝마치겠습니다."

"기사단등록을 말하는 거로군요."

륜은 내심 흠칫했다. 닿지도 않는 먼 곳에서 자신의 일거수일투족을 감시하고 있다니. 대체 그의 정보력은 어느 정도일까.

륜은 약간의 시간을 두고 고개를 끄덕였다.

"좋습니다. 그렇게 하세요. 기왕 오는 거 찝찝한 일들은 다 정리하고 와야지요."

다른 꿍꿍이가 있는 건 아닐까하는 생각이 들 정도로 너무 쉬운 승낙이었다.

설마?

"스엣을 좀 보여주십시오."

"그녀는 아주 잘 지내고 있어요. 호화로운 곳에서 맛있는 식사를 하며 늘 깨끗한 상태로 있지요. 너무 쉽게 승낙을 해서 뭔가 오해를 하신 모양이군요. 걱정하지 마세요. 이건 전적으로 제 호의의 표시니까."

하지만 룬을 굳은 표정을 풀지 않았다.

"그녀 이야기는 그만 하도록 하죠. 좋게 생각하십시오. 그녀가 르니에르왕국에 있어봤자 차디찬 철창밖에 더 있겠습니까. 오히려 이곳에서 호화로운 대접을 받으며 있는 것이 그녀에게도 이로운 일이지요."

룬은 가슴속에 뜨거운 것이 올랐다. 그곳에 있는 게 이롭다고? 과연 그녀가 자신의 양부를 죽인 원수의 손에서 호의호식한다고 기뻐할까? 오히려 혀를 깨물고 죽고 싶은 심정일 것이다.

"시간이 다 되어 가는군요. 다음에는 유리너머가 아닌 눈으로 봤으면 좋겠군요."

치이익

모래가 종이에 떨어지는 듯한 괴이한 소리와 함께 수정

구의 불이 꺼졌다.

워낙 먼 거리에다 외곡마법까지 걸려 있는 탓에 연결은 생각보다 훨씬 금방 끊겼다.

수정구가 꺼졌음에도 룬은 잠시간 그곳을 바라보았다.

머릿속이 복잡했다. 너무도 많은 것들이 한 번에 몰려와 무엇을, 어떻게 해야 될지 갈피를 잡기가 힘들었다.

바르타인을 보면 설명할 수 없는 희미한 무언가가 깨끗해 질 줄 알았다.

하지만 그 반대였다.

먹구름은 오히려 비구름이 되어 룬을 혼란스럽게 만들었다.

무엇보다 너무 쉽게 승낙한 바르타인공작의 의중을 읽을 수가 없었다.

스엣을 잡고 있는 이상 허튼짓은 하지 못할거라는 확신 때문인가. 아니면 다른 꿍꿍이가 있는 것인가.

"어떻게 된 거지?"

룬이 상념을 깰 수 있도록 도움을 준 것은 복면인이었다.

"뭐가 말입니까?"

룬은 그를 빤히 보더니 말했다.

"이 정도 거리에서 수정구를 발동시키려면 최소한 5써클 이상은 되어야 해. 거기에 외곡마법을 뚫을 정도라면 못해도 6써클은 돼 야 해."

"그 전에 제가 묻죠. 융커님께서는 무슨 이유로 제국의 세작이 된 겁니까?"

흠칫.

복면인의 눈빛이 흔들거렸다.

"그게 무슨 소리야?"

"이미 들키셨습니다. 완벽하게 본인을 숨기고 싶었으면 얼굴에 더 철판을 까셨어야죠."

"……."

"정말이지 무슨 말을 하는지 모르겠군."

"그런가요? 그럼 왕자님께 가 당신이 융커님인지 아닌지 한 번 조사를 해달라고 해봐야겠군요."

"쳇. 귀신같은 눈썰미로군. 대체 어떻게 안거지?"

거짓말처럼 그의 말투가 바뀌었다. 마법에 가려졌던 그의 목소리 역시 원래대로 돌아왔다.

"수정구요. 이 정도 거리를 연결하려면 최소한 5써클 이상의 마법사여야 한다고 본인 입으로도 말했잖아요."

"하지만 5써클이 넘는 마법사는 나 말고도 더 있어."

"그 중 제이미님은 여자고, 아자르백작님은 전투마법에 능통하시죠."

"흥. 아자르가 전투마법에 능하다고는 하지만 이 정도 보조마법정도는 할 수 있어. 젠장, 제 발에 저려 실토하는 꼴이 돼 버렸군."

“그래도 6써클 수준의 외곽마법은 사용할 수 없겠죠.”

융커는 다시 한 번 놀랐다.

‘한 번 겪어 본 것만으로 어느 정도 수준인지 간파했단 말인가?’

믿기 힘든 일이었다. 단번에 상대방의 수준을 파악하기 위해서는 그 보다 더 높은 경지에 이르러야 했다. 6써클의 마법을 파악하기 위해서는 최소한 6써클, 아니 7써클은 되어야 했다.

‘말도 안 돼. 이놈은 이제 막 세상에 나온 애송이 검사녀석이 7써클일리가 없잖아.’

룬은 대륙 최고의 권력가중 하나인 바르타인공작이 원하는 사람이다.

보이는 그대로의 모습이 전부는 아닐 것이다.

그렇다 하더라도 이십대의 젊은 나이에 7써클은 말도 되지 않는 것이었다.

‘뭐가 뭔지 모르겠군.’

융커는 현재 상황을 이해하는 것을 포기했다.

수많은 지식이 도서관처럼 빼곡히 저장되어 있는 그의 머리였지만 현 상황을 이해할 만한 지식은 들어있지 않았다.

“이번에는 제가 물을게요. 왜 제국의 세작이 되었습니까?”

"왜 세작이 됐느냐라……."

융커는 룬을 빤히 보았다.

"분명한 건 내가 원한건 아니라는 거야."

룬은 그의 눈빛에서 처량함을 느꼈다. 그래서인지 진심이라는 느낌이 들었다.

"원한게 아니라면 지금이라도 그만 두면 되는 거 아닙니까?"

융커는 룬이 아무것도 모르는 철부지 어린이같다는 생각을 했다.

"세상사가 뜻하는 바대로 되지 않는 다는 건 그 정도 나이면 잘 알 텐데? 아무튼 이제 우린 한편이 됐으니 잘해보자고."

가볍게 고개를 끄덕인 룬은 같은 편만이 할 수 있는 질문을 던졌다.

"다른 세작은 어느 정도나 있는지 아시나요?"

"몰라. 몇 번 만난 적이 있지만 나처럼 복면을 쓰고 있었지. 편의상 투라고 부르긴 했지만 누구인지 전혀 감이 안 잡혀."

"그렇군요."

"시간이 너무 지체됐군. 기왕지사 이렇게 된 거 잘 해보라구. 같은 배를 탔으니 서로 비밀은 잘 간직하고."

융커는 왔을 때처럼 어둠속으로 사라졌다.

룬은 그에게 더 많은 것을 묻고 싶었지만 정체를 들킨 그는 더 있기가 껄끄로웠다.

❖

“한시가 급한 마당에 어찌 순순히 그의 말을 받아들이신 겁니까?”

바르타인과 룬의 대화를 들은 엘리제오가 이해할 수 없는 얼굴을 하였다.

“급하다고 허겁지겁 먹다가는 체하는 법이지요. 곁에 둘 때 가장 경계해야 하는 자가 누군지 아십니까?”

“…….”

“바로 돌아갈 곳이 있는 자입니다.”

“하오나, 조만간 르니에르왕국은 세상에서 사라질 겁니다.”

“마음에 두고 있는 곳이 사라지는 것과 마음이 떠난 것에는 큰 차이가 있습니다.”

“하오시면…….”

“예. 더 이상 르니에르왕국에 발을 붙힐 곳이 없게 만들 겁니다.”

“그러려면 왕국에 잠입한 간자들을 움직여야 할 텐데, 그들은 좀 더 큰 일에 쓰여야 하지 않겠습니까?”

바르타인공작은 작게 미소 지을 뿐 대답이 없었다. 그의 머릿속에는 이미 룬을 이용해 르니에르를 뒤흔들 묘책이 떠오른 상태였다. 다만 아직 완벽하게 정리 하지 못해 엘리제오에게 말을 하지 않은 것일 뿐이었다.

엘리제오는 그 생각이 무엇일까 추측해 보았다. 룬을 곤란하게 만들면서 동시에 왕국을 흔드는 일이라. 그의 짧은 식견으로는 그런 수는 떠오르지 않았다.

하지만 재촉하지는 않았다. 모든 것이 완벽하여 더 이상 손볼 곳이 없을 때가 되었을 때 말을 할 것임을 알았기 때문이다.

"브리튼에게서는 아직까지도 연락이 없나요?"

"예. 혹시 다른 생각을 하고 있는 건 아닐까요?"

"그는 욕심이 많은 자입니다. 유약한 왕과, 그리고 그의 아들이 왕국을 지배하는 것을 절대 두고 보지 못할 사람이지요. 이번 일을 성사시키기 위해서는 그의 존재가 필요하니 S1에게 시켜 행방을 알아보라 하세요."

"알겠습니다."

융커는 브리튼의 행방을 은밀히 수소문 하였다.

하지만 어디에서도 브리튼의 행방은 찾을 수가 없었다.

대강 어디쯤에라도 있는지 알아야 수색을 시작하기라도 할 텐데 작은 흔적조차 없으니 사막에서 바늘 찾는 것만큼이나 막막했다.

융커는 브리튼이 사라진 시점을 생각했다.

'룬을 잡으러 간 뒤 그 다음부터 연락이 두절되었다고 했었지.'

융커는 일단 룬을 만나봐야겠다고 생각했다.

그런데 그때 연구실의 문이 열리며 누군가가 들어왔다.

왕실 수석마법사의 연구실은 보안이 철저한 장소중 하나로 아무나 들어올 수 없는 곳이었다.

그런 곳을 승인도 없이 들어왔다면 왕궁내에서 단 한 명뿐일 것이다.

"왕자님?"

융커는 자리에 일어나며 옷을 가다듬었다. 하지만 관리를 전혀 하지 않은 로브는 여전히 허름해 보일 뿐이었다.

"이곳에는 무슨 일로……?"

"애틀란으로 연결되는 텔레포트게이트가 얼마나 진행되고 있는지 보러 왔습니다."

제국과 일련의 사건이 있은 후 애틀란과 연결되는 텔레포트게이트를 추가 설치하기로 하였다.

당연히 그의 총책임을 맡은 건 왕국에서 유일하게 텔레포트게이트를 설치할 수 있는 융커였다.

"그거라면 거의 끝나갑니다. 그런데 미스릴이 좀 더 있어야할 거 같습니다."

"미스릴이요?"

"예. 텔레포트게이트의 마나의 흐름을 제어하려면 일반 물질로는 안 됩니다. 가장 좋은 건 오리하르콘인데 그건 사실상 구하기가 불가능하니 현실적으로 가장 좋은 것이 미스릴이라 할 수 있죠."

"어느 정도나 필요합니까?"

"10kg정도면 충분할 거 같습니다."

"상당한 양이로군요. 제가 한 번 구해보도록 하죠."

고개를 끄덕인 데이미안은 융커 옆에 있는 문서 하나를 보았다.

융커가 브리튼의 행방을 좇기 위해 이것저것 끄적이던 문서였다.

"저건 뭐죠?"

융커는 고민했지만 그냥 사실대로 말하는 편이 좋겠다고 생각했다.

"아, 사실 브리튼르니에르님의 행방을 찾고 있었습니다."

"숙부님의 행방은 왜 찾으시는 겁니까?"

"개인적인 일이 있습니다."

융커의 얼굴에서 방어적인 기색이 역력하게 드러났다.

개인적인 일이라는 데 아무리 왕자라도 캐물을 수는 없는 일이었다.

"마침 잘 됐군요. 저도 사실 숙부님의 행방을 찾고 있었습니다. 여러모로 알아보고 있지만 역시 대마법사의 힘을 빌리면 도움이 많이 될 겁니다. 어느 정도까지 진전이 되셨습니까?"

"진전이랄 것도 없습니다. 아직 어디서 없어졌는지조차 찾지 못하고 있거든요."

"행적이 남은 마지막 행선지가 모리튼산맥이라고 하더군요."

"모리튼산맥이요?"

"짚이는 것이 있습니까?"

"글쎄요. 모리튼산맥이면 가끔 엘프들이 출몰한다는 뭐 그런 뜬소문이 나는 것 말고는 특별할 게 없는 곳이니까요. 왕자님께서도 짚이는 게 없으십니까?"

"짚이는 거라기보다는 이상한 건 있었습니다. 숙부님과 군사가 모리튼산맥을 오른 흔적은 있는데 중간에 감쪽같이 사라졌다는 것이지요."

"거참 이상한 일이군요."

일부러 흔적을 지웠다면 오른 흔적까지 없애야 정상이었다.

“일단 그럼 제가 그곳에 가봐야겠습니다. 일반 수색원들이 찾지 못하는 걸 찾을 지도 모르니까요.”

융커는 모리튼 브리튼일행의 흔적을 따라 산맥을 올랐다. 그러다 어느 지점에 다다르자 데이미안의 말처럼 흔적이 거짓말처럼 사라졌다.

융커는 안력을 높여 주위를 둘러보았다.

평범해 보이는 숲의 연장이었다.

‘왜 하필 이곳일까.’

융커는 한발한발 자신의 발자국을 남기기라도 할 심산인지 흔적이 없어진 주변을 서성거렸다.

그러던 어느 순간 계속 같은 곳을 돌고 있다는 것을 깨달았다.

‘결계다.’

융커는 마나를 집중시켰다. 잡힐 듯 말 듯, 희미한 경계가 느껴졌다.

융커는 결계로 들어갔다.

주위의 풍경은 변함이 없었다.

얼마간 걷자 결계로 들어갔던 처음 그 자리로 돌아와 있었다.

애초에 결계 안으로 들어간 것이 아니었다.

'상당하군.'

결계를 풀려면 그 결계의 원리를 파악하여 순차적으로 해체해 나가야 했다.

하지만 이는 시간도 많이 걸리며 꼭 성공하리라는 보장도 없었다.

대신 간단하면서도 확실한 방법이 있었다. 압도적인 힘으로 결계를 파괴시켜 버리는 것이다.

융커는 손에 마나를 집중 시켰다. 그리고 결계를 향해 손을 뻗었다.

그러자 종이가 찢어지듯 허공이 갈라지며 결계안의 진정한 모습이 나타났다.

융커는 균열이 생긴 곳을 비집고 결계 안으로 들어갔다.

결계 안은 은은한 풀냄새와 향긋한 과일냄새가 났다.

그 냄새가 어찌나 좋은지 이곳에 온 본연의 이유를 잊을 정도였다.

'이러고 있을 때가 아니지.'

융커는 다시 움직였다. 얼마 움직이지 않아 특이한 곳에 당도했다. 네 개의 횃불이 주위를 은은하게 비치고 있는 제단이었다.

제단의 구성이나 문양 같은 것이 왕국내에서는 볼 수 없는 생소한 것들이었다.

'설마…….'

융커는 조금 뜬금없는 생각이 들었다. 이 제단의 주인이 왠지 브리튼이 아닐까 하는 생각이었다. 이곳이 브리튼의 흔적이 사라진 마지막 장소인 만큼 아주 근거 없는 생각도 아니었다.

남의 무덤을 파헤치는 건 썩 내키는 일이 아니기는 했다. 제단을 만들어 놓을 만큼 특별한 곳이라면 더더욱. 하지만 융커는 무덤을 파헤치기로 했다.

무덤은 사람한명이 서있을 만큼 깊었지만 마법을 이용했기 때문에 금세 파헤칠 수 있었다. 안에는 관 하나가 있었다. 특별한 무늬는 없었는데 굉장히 좋은 재질로 만들어져 있었다.

융커는 마법을 이용해 관을 위로 밖으로 빼냈다. 그리고 관을 열었다.

응당 시체에서 나야할 악취는 나지 않았다. 죽은 지 얼마 되지 않은 시체였다.

융커는 관의 주인의 얼굴을 알아볼 수 있었다. 더욱이 그의 존재를 확인해 주는 물건도 있었다. 소울소드였다.

'브리튼…….'

설마 했던 것이 사실로 드러났다.

왜? 대체 왜? 브리튼이 이곳에 싸늘한 시신으로 누워 있는 걸까.

하지만 융커는 자문에 대답할 시간도 없이 쫓기듯 그곳을 빠져 나와야 했다. 감지마법에 대거의 기척이 감지된 것이다.

물론 그 긴박한 상황에서도 브리튼의 시체와 소울소드를 챙기는 것은 잊지 않았다.

NEO FUSION FANTASY STORY & ADVANTURE

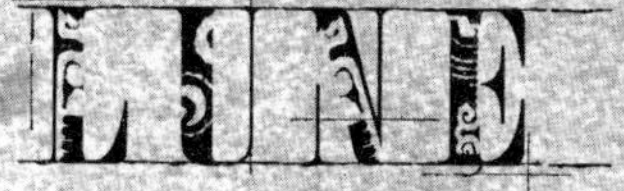

제 8 장

계기

제 8 장 계기

재무부처에 들른 뒤 집무실에 도착한 데이미안은 낯선 기척을 느꼈다.

아무도 없는 곳에 은밀히 들어와 있다면 필시 떳떳한 이유는 아닐 터.

하지만 낯선 기척의 주인은 의외로 보란 듯 소파에 앉아 있었다.

마치 주인이 손님을 기다리기라도 하듯.

“무례하군. 주인도 없는 방에 몰래 숨어들다니.”

룬은 대답대신 자리에서 일어났다. 다행히 이곳의 주인이 누구인지는 잊지 않고 있었다.

데이미안은 집무실의 문을 열었다.

"무슨 시키실 일이라도……."

가드가 물었다.

"혹여 집무실에 들어온 자가 있었나?"

"그럴 리가요. 몇 시간 전부터 근처에 개미 한 마리 얼씬거리지 않았습니다."

"그렇군."

데이미안은 다시 집무실로 들어갔다. 그리고는 룬을 빤히 보았다.

"집무실을 지키는 가드는 수백 미터 내에 십 수 명이 넘어. 어떻게 그들의 이목을 속이고 몰래 잠입할 수 있었던 거지?"

"어떻게 들어왔냐보다는 왜 왔느냐가 중요할 거 같군요."

"아니, 아주 중요한 일이야."

룬은 어깨를 으쓱해보였다.

"말해줄 수 없다면 하는 수 없군. 법무부로 데리고 가는 수밖에."

"데려갈 수 있다고 보십니까?"

룬은 능글맞게 웃었다.

반은 장난스럽게 지은 표정이었으나 데이미안은 사뭇 진지해 보였다.

"마법을 이용했습니다. 외곡마법, 변장마법을 적절하게

이용했죠.”

“하지만 주변에는 마나블록이 설치되어 있을 텐데.”

“아 그거요? 감히 말씀드리면 그런 마나블록은 얼마가 있든 무력화 시킬 수 있습니다.”

“?”

데이미안은 화가 났지만 반대로 호기심이 들었다.

“제국의 마나블록을 보신 적 있으십니까? 여러 광물과 재료를 섞어 만든 반마나물질이죠. 그래서 마나블록 주변에서는 아무리 뛰어난 마법사라도 마법을 사용하기가 힘들죠. 그런데 집무실에 설치된 마나블록은 오히려 그 반대입니다. 결계를 치기 위해 마정석과 미스릴을 사용하는 바람에 원리만 알면 오히려 마법을 사용하는 데 더 수월할 정도죠. 이곳의 마나블록은 브라운댄백작이 가져온 휴대용 마나블록보다 못합니다.”

“…….”

“마나블록은 여러모로 필요한 도구입니다. 저라면 이런 무늬만 흉내 낸 마나블록 말고 제국처럼 진짜 마나블록을 만들라고 연구원들에게 지시할 겁니다. 물론 융커님이라면 이미 알고 있을지도 모르겠지만요.”

융커는 왕실수석마법사였다. 공식적으로는 왕국내에서 최고의 마법사인 셈이었다. 마나블록을 만들 수 있는 마법사가 있다면 그것은 융커일 것이었다.

하지만 룬의 말에는 다른 뜻이 있어 보였다.

"그게 무슨 소리지?"

"이곳에서 제국과의 거래는 꽤나 됩니다. 그런 먼 거리를 원활하게 소통하기 위해서는 최소한 5써클 마법사는 돼야 합니다. 왕국에 5써클이 넘는 마법사는 흔치 않습니다. 그 중에 제이미님은 욕심이 없는 분으로 5써클 대마법사임에도 불구하고 아카데미에 남아 후계를 육성하는 일을 하고 계시죠. 아지르백작님 같은 경우는 의회의 구성원이기는 하나 수시로 왕궁을 드나들지는 않습니다. 제가 제국이라면 융커님을 세작으로 낙점했을 겁니다."

데이미안은 어느새 눈빛을 빛내고 있었다. 룬이 자신의 집무실에 몰래 잠입했다는 사실도 잊은 지 오래였다.

"융커님이 위 두 분에 비해 세작으로써 가장 적합한 인물임은 동감하지. 하지만 그렇다고 세작임은 단정 지을 수는 없어."

"본인의 입으로 직접 들은 이야기입니다."

"……."

"융커님은 왕국의 건립부터 함께한 개국공신의 집안이야. 그런 분이 제국의 세작 따위일 리가 없지."

"그렇게 감정적으로 볼일만은 아닐 거 같은데요. 정 믿지 못하시겠거든 한 번 조사를 해보시죠. 5써클 마법사의

꼬리를 밟는 다는 게 쉬운 일만은 아니겠지만."

잠시간 생각에 잠긴 데이미안은 고개를 끄덕였다. 룬의 말을 모두 신뢰하는 건 아니지만 무시할 수는 없는 일이었다.

❖

"브리튼이 죽었다고요?"

"예. 어느 관에 들어가 있었는 데 재질이나 문양이나 일반적인 것은 아니었습니다. 또 주위가 마치 재단처럼 꾸며져 있었는 데 이 역시 마찬가지였습니다."

"브리튼이 신흥교의 신자라도 되나요? 아니면 그들과 원한관계라도 있던지."

"그보다는 다른 차원의 문제 같습니다. 제 생각으로는 엘프들이 만든 무덤이 아니었나 싶습니다."

"엘프요?"

바르타인공작의 눈에 이채가 서렸다.

"예. 직접 본 무덤은 인위적이지 않고 자연과 융화된 느낌이었습니다. 또 주변에 은은한 과일냄새가 났는데 어렷을적 스승님이 가져왔던 엘프들의 열매와 비슷했습니다. 워낙 향긋한 냄새였기 때문에 아직까지 기억하고 있죠."

"그럼 브리튼이 엘프들의 손에 죽기라도 했다는 소리인가요?"

그건 조금 놀랄 일이었다.

엘프들은 살생을 하지 않는다고 알려져 있었다.

견문이 넓은 바르타인도 그렇게 알고 있었다.

"그 보다는 오히려 룬과 관련이 있지 않나 싶습니다."

룬의 이야기가 나오자 바르타인이 흥미로운 얼굴을 하였다.

바르타인의 얼굴에 어서 이야기를 해보라는 기색이 역력했다.

"브리튼이 행적을 감춘 시기는 딱 룬을 만나러 갔을 때와 일치 합니다. 무엇보다 전에 룬을 만나기 위해 미행을 했었습니다. 그런데 브리튼의 묘가 있던 그 부근에서 갑자기 종적이 끊겼습니다. 그리고 얼마 있다 다시 나타났지요."

"그럼 살인을 행한 건 룬이고, 묘를 만든 건 엘프들이 되는 건가요?"

"제 추론으로는 그렇습니다."

"그렇다는 건 엘프와 그 사이에 커넥션이 있다고 볼 수도 있겠군요."

바르타인의 얼굴에 점점 더 흥미가 띠기 시작했다.

융커는 조금 헷갈렸다.

룬이 브리튼을 죽인 것이 흥미로운 것일까, 엘프와 연관이 있는 게 흥미로운 것일까.

"잠시 생각을 정리 한 뒤에 다시 연락을 드릴 테니 기다리고 계십시오."

수정구의 화면에서 바르타인공작이 사라졌다. 융커가 슬슬 지루함을 느낄 때쯤 다시 바르타인공작이 연락을 해왔다. 그리고는 훈텐백작에게 제국의 손에 의해 지하감옥이 털린 일, 그것을 왕자가 함구한 일. 그리고 그 사이에서 룬의 존재. 그 모든 것을 알리라고 지시했다.

융커는 많은 의구심이 들었지만 평소와처럼 어떠한 질문도 하지 않았다.

시키는 것을 의심하지 않고 하는 것.

완전히 자유의 몸을 얻을 때까지는 바르타인공작이 원하는 삶을 살아 줘야 한다.

"계획이 성공하면 약속대로……."

"약속대로 당신은 자유의 몸이 될 수 있습니다."

통신은 그것으로 끝이 났다.

융커는 가슴 언저리에 손을 가져다 댔다. 욱신거리는 것이 성충이 다시 활동을 시작한 모양이었다.

융커는 품에서 작은 약 하나를 꺼내 입으로 가져갔다.

역겨운 이 맛도 이제는 제법 익숙해졌다.

약이 식도를 타고 넘어가자 성충이 잠잠해지기 시작했다.

성충은 인간의 몸을 먹고 산다. 하지만 바르타인공작의 약을 먹으면 당분간은 잠잠해 진다. 그 약이 성충의 또 다른 식량인 것인지, 아니면 마취제같은 것인지는 모른다.

분명한 건 바르타인공작이 주는 약이 아니면 일주일을 버티지 못한다는 것이다.

'그래 얼마 남지 않았어.'

융커는 애써 마음을 다잡았다.

왜 훈텐백작일까?

그는 현재 왕국 내에서 가장 부상한 인물이었다. 그를 선택한 건 브리튼이 없는 이 시점에 판을 뒤엎을 가장 적절한 인물이라 생각했기 때문이리라.

왕자가 제국과 관련하여 함구한 것들이 밝혀질 시 그 파장은 꽤 클 것이다.

왕실의 입지는 더욱 좁아질 것이다.

그 과정에서 왕실이 몰락하면 좋은 것이고, 아니라도 상관은 없었다.

그 파장만으로도 충분했다.

융커는 수정구를 끄고 연구소를 나갔다. 나가기 전 혹여라도 결계에 이상이 없었는지 확인했다. 당연하게도 그런 증후는 보이지 않았다.

왕국 제일의 마법사는 자신이었다. 그런 자신의 결계를

뚫을 마법사는 왕국에 존재하지 않을 것이다.

종이 위에 반딧불 같은 것이 이리저리 날아다녔다. 그리고 그 불빛이 지날 때 마다 펜으로 글씨를 쓰듯 자국이 남았다.

"이것이 연락을 한 곳의 좌표입니다."

룬은 종이를 내밀었다. 마법에 정통하지 않은 자가 본다면 낙서쯤으로 보일만한 것이 적혀 있었다.

데이미안 역시 마법은 잘 모르기 때문에 이게 무엇을 뜻하는지 알지 못했다.

하지만 4써클에 오른 헨젠은 검에 난 작은 흠마저 보는 날카로운 검사의 눈처럼 종이의 내용을 알아보았다.

헨젠은 품에서 마법지도를 꺼냈다. 그리고는 룬이 내민 종이와 대조를 하였다.

"제국이 맞습니다. 오차를 감안하더라도 제국안임은 틀림없습니다."

"확실한가?"

데이미안이 나지막이 말했다.

"예."

"흠."

데이미안의 입에서 작은 신음이 나왔다. 룬의 말을 처음 들었을 때는 반신반의 했다. 어쩌면 그럴 지도 모른다고 생각은 했지만 아니길 바랐다.

왕실수석마법사가 회유되었다. 빙산의 일각이라고 얼마나 깊숙이 제국이 침투하고 있는 지 알 수 없는 일이었다.

'그랬었군. 그러고 보니 제국의 사절단이 왔을 때 융커님은 외각에 있었지.'

그때 융커는 남부항구도시에 텔레포트게이트를 설치하기 위해 나가 있는 상태였다.

만약 그가 그때 그곳이 아닌 왕궁안에 있었다면 지금과 상황이 완전히 달라질 것이었다.

데이미안은 간담이 서늘했다. 자신의 발 바로 아래 뾰족한 송곳이 있는지도 모르고 그대로 밟을 뻔했다.

"저, 궁금한 게 있는 데요."

헨젠이 조심스럽게 물었다. 룬을 향한 것이다.

"?"

"연구실에는 결계가 쳐 있잖아요. 그런데 어떻게 수정구를 연결 한 거죠?"

헨젠이 물론 이 심각한 분위기를 읽지 못한 건 아니다. 다만 마법사로써 호기심이 앞설 뿐이었다.

룬은 문득 마법을 한 창 배우던 때가 생각났다. 그때 룬도 호기심을 참지 못하고 사부에게 이것저것 물어보곤 했었다.

"결계에 작은 균열을 만들었기 때문입니다. 그 균열을 통해 연결을 한 거죠. 물론 그 균열은 융커님이 인위적으로 만든 겁니다. 지금은 다시 완벽히 막혀 있죠."

"그런데 남작님은 어떻게 그것을 파악해서 좌표까지 따올 수 있는 거죠?"

"말로는 설명하기 힘들군요. 굳이 표현한다면 그냥 보였다고 해야 할까요?"

룬의 말 그대로였다. 룬의 눈에는 융커가 친 결계가 보였다. 그리고 균열이 어디에 생기는지도 보였다. 그냥 보여서 한 것이니 이걸 말로 설명하기란 참으로 힘든 일이었다.

"그냥 보였다구요?"

룬이 고개를 끄덕였다.

결계가 그냥 보였다는 건 결계를 친 당사자보다 실력이 월등할 때 이야기였다. 상대방 모르게 연결망에 침투해 좌표를 따오는 것 역시 마찬가지였다.

헨젠의 상식으로는 이해할 수 없는 일이었다. 그렇다는 건 룬이 왕실수석마법사인 융커보다 월등한 실력의 소유자라는 뜻이 아닌가.

"아무튼 이것으로 제 이야기는 입증이 된 거겠죠?"

생각에 잠겨 있던 데이미안 조금 늦게 반응했다.

"그래."

"그럼 우리 사이에 더 이상 아무런 빚도, 도움도 없는 겁니다."

데이미안이 순순히 고개를 끄덕였다.

"나머지는 왕자님한테 맡기 도록하죠. 그럼 이만."

룬은 가벼운 마음으로 장내를 떠났다.

헨젠이 룬의 뒷모습을 한참동안이나 바라보았다.

"왜? 뭐 석연찮은 거라도 있나?"

"아니요. 그냥 실력이 어느 정도나 되는 마법사인가 가늠해 본겁니다."

"그래서, 어느 정도나 되는 거 같나?"

"도저히 받아들이기는 힘들지만 제가 배운 지식으로 따지면 왕국 아니 대륙을 통틀어서도 손에 꼽힐 정도의 마법사일 겁니다."

"……."

데이미안은 조금 놀란 눈치였다. 그도 그럴 것이 데이미안은 룬이 검을 사용하는 것을 처음으로 보았다. 그래서 검이 주이며 마법은 부수적인거라 생각했다. 마법을 사용해봤자 그리 정통하지는 않을 것이라 여긴 것이다.

"그러고보니 처음부터 이상했어요. 제이미님을 보면 한눈에 강한 마법사라는 것이 느껴져요. 나도 언젠간 저런 대마법사가 돼야지 하는 생각이 들 정도로요. 하지만 남작님에게는 전혀 그런 게 없어요. 오히려 너무 평범하여 마법사라는 사실조차 인지할 수가 없죠."

그 말을 들으며 데이미안은 룬을 처음 만난 날을 떠올렸다.

당시에는 형편없는 검사라 생각했었다.

하지만 그건 잘 못 된 생각이었다.

형편없는 검사라면 그 형편없음이 나타나야 했다.

하지만 룬에게서는 그런 것이 없었다.

헨젠의 말대로 지극히 평범한 모습. 검사인지 아닌지 조차 분간이 안 될 정도였다.

룬이 형편없는 것이 아니라 그 실체를 알아볼 안목이 없던 것이다.

데이미안은 이를 꽉 깨물었다.

그를 더욱 화나게 하는 것은 그 사실을 안 지금 역시 룬의 힘을 짐작할 수 없다는 것이었다.

두근두근

데이미안은 심장이 뛰었다.

태어나 한 번도 가져보지 못한 생소한 감정에 심장이 뛰기 시작한 것이다.

사실 이러한 징조는 이전에도 나타난 적이 있었다.

에일리아가 자신에게는 보여 준적이 없던 환한 웃음을 다른 남자에게 짓는 것을 보았을 때. 에일리아가 자신이 아닌 다른 남자를 선택했을 때.

하지만 그때는 지금처럼 심장이 두근거리지 않았다.

그 상대는 형편없는 집안의 자식이었으며 에일리아의 선택을 받은 것 외에는 보잘 것 없는 사람이었다.

하지만 이제는 상황이 달라졌다. 그 보잘 것 없는 사람은 사실 자신의 안목으로는 파악조차 되지 못할 만큼 높은 곳에 도달해 있었다.

그곳에서 자신을 내려다보며 얼마나 비웃었을까.

"왜 그러십니까?"

급격한 감정의 기복을 겪고 있는 데이미안을 본 헨젠이 조심스럽게 물었다.

"아무것도 아니야."

그 후로 데이미안은 말이 없었다.

훈텐백작은 의아한 눈으로 자신을 찾아온 손님을 보았다. 그도 그럴 것이 그와는 개인적인 친분도 없을뿐더러 앞으로도 그리 가까워질 사이는 아니라 생각했기 때문이다.

"융커님? 이곳에는 무슨 일로?"

"사실 백작님께 아주 은밀히 드릴 말씀이 있어서 왔습니다."

그러면서 융커는 주위를 두리번거렸다. 사실 그건 굳이 필요 없는 행동이었다. 그의 마법이면 외부와 완전히 차단시키고도 남았다.

"은밀한 이야기라고요?"

융커와는 아무런 이해관계도 없었다.

거의 모른다고 봐도 무방했다.

은밀한 대화가 오고갈 사이는 절대 아니었다.

훈텐백작은 융커의 말에 호기심이 들면서도 묘한 불안감에 휩싸였다.

대게 누구에게나 알릴 수 없는 말은 탈을 내기 마련이었다.

특히 그 비밀을 간직한자가 한 기관의 대표라면 더더욱.

하지만 훈텐백작은 불안감보다는 호기심을 택했다.

훈텐백작이 융커를 한 번 보자 이야기를 하기 시작했다.

융커의 말을 들을수록 훈텐백작은 점점 심각한 얼굴이 되었다.

모르는 게 약이라는 말도 있다. 과연 호기심을 택한 게 옳은 것인지 아닌지 혼란스러웠다.

"그러니까 제국의 잔재가 아직 남아 있다는 겁니까. 그리고 왕자님께서 그것을 숨기고 계시고요."

"그렇습니다."

"대체 왜 그런 중대한 일을 숨기고 계시다는 말씀입니까."

"사절단을 몰아내면서 왕실의 힘이 많이 약화 되었습니다. 그런 와중에 아직도 제국의 잔재가 남아 있다는 사실이 알려지게 될 경우 그 파장과 더욱더 가열 돼 왕권의 악화를 우려하신 거지요."

"그런데 그 이야기를 왜 제게……."

사실 훈텐백작이 가장 궁금한 것이었다. 융커는 왕실의 소속이었다. 원칙적으로 왕실로부터 독립적인 기관이기는 하나 실상 한몸이나 다름 없는 존재였다.

그런 융커가 데이미안에게 해가되는 말을 한다는 것은 이해하기 힘든 일이었다.

"왕자님은 지금 판단이 흐려지셨습니다. 제국에 왕국을 먹히게 되면 왕권이 지켜내든 소용이 없는 일이 되고 맙니다. 차라리 왕권이 약화되더라도, 설령 그것이 무너지더라도 일단 왕국이 건재해야 의미가 있는거 아니겠습니까?"

융커의 말은 일리가 있었다. 좁은 곳에서 땅따먹기나 하며 제 이권만 챙기다 누군가에게 그 전체를 뺐긴다면 그것만큼 어리석은 일도 없을 것이다.

"그렇긴 합니다만…… 너무 중한데다 증거도 없이 함부로 왕족을 추궁할 수는 없는 일입니다."

"다행히 뿌리를 흔들 적당한 인물이 있습니다."

"그게 누구입니까?"

"룬남작입니다."

융커는 다시금 주위를 두리번거렸다. 훈텐백작은 괜스레 침을 꿀꺽 삼켰다.

"지하감옥에서 사라진 죄수는 스위프트라는 여자입니다. 그런데 그녀는 룬남작하고 연고가 있습니다. 정확히 무슨 사이인지까지는 알지 못합니다. 아무튼 그 사실은 왕자님도 알고 계십니다. 하여, 그 일이 있은 후 룬남작을 추포하기 위해 근위대를 움직였습니다."

워낙 많은 근위대가 움직인 탓에 그 사실자체가 비밀은 아니었다. 다만 근위대가 움직인 이유가 비상시를 대비한 훈련이라 알려져 있을 뿐이었다.

"비상훈련을 한 게 아니라 룬남작을 추포하기 위해 근위대가 움직였던 거군요."

"예. 아무튼 황당한 건 근위대가 움직였음에도 룬남작은 왕궁을 빠져나갔다는 것이지요. 그리고 얼마 후 토레논 공작님이 루텐영지에 사신으로 가게 되었고 이렇게 다시 돌아와 남작의 지위까지 올랐습니다."

훈텐백작은 의회에서의 일을 떠올렸다. 의회의 검은 속내를 역으로 추궁하며 판을 자신의 것을 만드는 솜씨가 일품인 친구였다.

"대체 그 사이 무슨 일이 있었기에 근위대까지 움직여 잡으려던 자를 오히려 남작의 작위까지 주었던 것일까요."

"그야 두 사람만이 아는 일이겠지요. 중요한 건 그 모든 것들이 은폐 되었다는 사실입니다."

"룬남작을 추궁하기 위해서는 제국과의 관계를 설명해야 하는 데 그것은 명분이 부족합니다. 어찌됐든 제국을 몰아내는 데 가장 큰 공을 세운 사람이니까요. 지금 그를 추궁하는 것은 왕권을 흔들려는 얕은 수작밖에 되지 않을 겁니다. 그건 오히려 제국이 원하는 일입니다."

'욕심이 많은 줄만 알았더니 의외로 왕국을 생각하는 인물이군.'

그렇게 생각한 융커는 다음 말을 이었다.

"비가 온 뒤 땅이 굳는 다고 했습니다. 지금 이 사실을 왕자님만 알고 있는 건 너무도 위험합니다. 차라리 공식적으로 퍼트려 대신들과 힘을 모아 해결해 나가는 게 이 나라를 위한 겁니다. 무엇이 옳고 그른 것인지 한 번 잘 생각해 보세요."

훈텐백작은 대답이 없었다. 융커는 재촉하지 않았다. 당장 답을 들을 수 있을 만큼 간단한 일이 아니었다.

"생각이 정리되시거든 저를 찾아오십시오. 어떻게 판을 짜야 될지는 이미 생각해 두었으니까요."

충분히 심사숙고 할 수 있도록 융커는 조용히 자리를 떠났다.

훈텐백작은 융커가 떠나고도 오랜 시간 생각에 잠겼지만 정리를 할 수가 없었다. 무엇이 옳은 것인지 여전히 확신할 수가 없었다.

왕궁에 있다 보니 오며가며 토레논을 만날 기회가 많았다. 그와 마주하는 건 기분 좋은 일이었지만 요새 들어 부쩍 싫은 소리를 했다.

루텐영지에서 나오지 않아도 상관없고, 의회에 출석하지 않아도 괜찮으니 구성원이 되어 달라는 것이었다.

물론 그렇게 직접적으로 말하지는 않았지만 조금이라도 눈치가 있다면 그 이야기와 다름이 없음을 알 것이다.

"하. 참 곤란하네."

룬은 조만간 르니에르왕국을 떠날 것이다.

최대한 빨리 돌아오리라 마음먹었지만 언제 다시 올지 기약할 수 없었다.

그런 와중에 의회에 구성원이 된다는 건 부담스러운 일이었다.

하지만 토레논의 간곡한 부탁을 그냥 모른 척 넘어가기

도 마음이 편치 않았다.

"한 번보고 다 알 수는 없지만 훈텐백작은 그렇게 나쁜 사람처럼 보이지는 않던데요."

"그가 좋은지 나쁜 사람인지 문제가 아니야. 정치는 많은 이해관계가 얽히고 설켜있어. 그러다 보면 여러 일들이 일어나기 마련이지. 무엇보다 변화 그 자체만으로도 많은 혼란을 가져올 거야. 나는 지금 훈텐백작 한 명의 독단을 막고자 이런 말을 하는 게 아니야. 내 약속하지. 의회의 구성원이 된다면 귀찮게 하는 일은 없을 거야."

결국 토레논의 부탁을 뿌리치지 못했다.

'그래. 한시도 있고 싶지 않은 그곳에서 조금 더 빨리 돌아와야 할 이유가 하나 더 느는 것뿐이야.'

이리하여 룬의 작위수여가 있은 지 얼마 되지도 않아 다시 의회가 열렸다.

안건은 룬의 구성원 편입이었다.

당연히 훈텐백작을 비롯한 귀족들의 반발이 만만치 않았다.

"아직 나이도 어린 애송이가 의회에 와 무엇을 할 수 있단 말이요."

룬이 면전에 있음에도 실제로 나온 말이었다.

"아직 백작의 작위도 수여 하지 못한 룬남작이 의회로 들어온다면 다른 귀족들의 반발이 만만치 않을 것이오."

"이건 유례가 없는 일이오. 분명 우스운 꼴이 되고 말거요."

반대의 이유는 다양했고 또 일리도 있었다.

하지만 륜이 의회의 구성원이 되는 건 막을 수 없었다.

의회는 공을 세운 것을 빌미로 왕의 고유권한을 가져갔다. 같은 이치로 의회에 들어오려는 륜을 막을 명분은 없었다.

"흠흠. 내가 방심을 했군요. 역시 륜남작은 정치를 했었어야 했어요. 아무것도 모르는 얼굴로 속이더니 결국 뒷통수를 치시는군요."

의회가 끝나자 훈텐백작이 언짢은 기색을 숨기지 않은 채 륜에게 말했다.

"뒤통수라니요. 저는 응당 누려야할 제 권리를 행사했을 뿐입니다."

"권리라…… 그런 사람이 모든 의결권을 공작님에게 위임했단 말입니까."

그 말에 륜이 씨익 웃었다.

"저는 백작님에게 아무런 사심도 없습니다. 백작님이 무엇을 하시든 막을 생각도 없고, 관심가지지도 않을 겁니다. 이 모든 게 어차피 자기 밥그릇 싸움이란 걸 잘 아시지 않습니까?"

"……."

대화를 더 해봤자 같은 내용만 반복 될 것이 뻔했다.

룬은 그 말을 끝으로 대화를 끝냈다.

❖

"후."

훈텐백작의 집무실에는 한숨소리만 들려왔다.

"정말 능구렁이 같은 작자군요. 전혀 그런 낌새가 없다가 보기 좋게 뒤통수를 맞았습니다. 이럴 줄 알았으면 잘 구슬려라도 볼 걸 그랬습니다."

그라센백작이 분한 듯 씩씩거렸다.

"그를 탓할 것 없습니다. 너무 안일하게 생각한 우리의 잘못입니다."

의회에서 룬에게 한바탕 퍼부은 것과 달리 훈텐백작은 어느새 냉정을 되찾은 상태였다.

"그는 어떤 사람이지요? 두어른백작께서는 그래도 그 집안과 간혹 왕래가 있었으니 조금 알 것 아닙니까?"

"저도 몇 번 본적이 없어 잘 알지는 못합니다. 이전에 봤을 때만 해도 여자나 밝히는 그런 놈이었는데……."

"하긴, 지금에 와서 그가 어떤 사람인지가 뭐가 중요하겠습니까."

"맞습니다. 놈의 존재만으로 우리 앞날에 방해가 될게

뻔합니다."

훈텐백작이 중심을 잡아서 인지 그라센백작도 제법 냉정을 되찾았다.

"지금 그런 것을 따져봐야 아무 의미도 없습니다. 중요한 건 이제 어떻게 대처 하느냐 하는 건데……."

훈텐백작은 말을 이을 수가 없었다. 그라고 해서 대처방안이 딱히 있는 건 아니었다.

룬이 단순히 본인의 이익을 위해 의회에 들어온 거면 큰 상관은 없었다. 자신에게 돌아올 이익의 일정부분을 공유하면 되는 것이니까.

하지만 룬은 모든 권한을 토레논에게 위임했다. 그것은 사사로운 이익을 떠나 토레논에게 힘을 실어준다는 의미였으며, 앞날에 커다란 걸림돌이 될 수도 있다는 뜻이었다.

"이렇게 되면 의회가 거의 왕가의 손에 넘어가게 돼 버린 꼴이 아닙니까."

의회는 총 열다섯의 의결권이 있었다. 왕자인 데이미안이 세 개, 토레논이 두 개, 나머지 귀족들이 각각 하나씩이었다.

그런데 이제 룬이 자신의 권한을 토레논에게 주었으니 둘만해도 벌써 여섯이나 되는 의결권 생긴 셈이었다.

"흐음."

그라센백작이 심각한 얼굴로 떠들고 있지만 훈텐백작은 침묵을 지켰다.

그러다 무슨 번뜩이는 거라도 생각난 것인지 눈에 이채가 서렸다.

"지금 당장 융커님을 만나야겠습니다."

〈5권에서 계속〉